拜德雅
Paideia
人文丛书

苏格拉底的第二次审判

[法]阿兰·巴迪欧(Alain Badiou)|著

胡　蝶|译

西南师范大学出版社

国家一级出版社　全国百佳图书出版单位

目 录

- 总　序 -

重拾拜德雅之学

1

中国古代，士族教育的主要内容是德与雅。《礼记》云：“乐正崇四术，立四教，顺先王《诗》、《书》、《礼》、《乐》以造士。春秋教以《礼》、《乐》，冬夏教以《诗》、《书》。”这些便是针对士之潜在人选所开展的文化、政治教育的内容，其目的在于使之在品质、学识、洞见、政论上均能符合士的标准，以成为真正有德的博雅之士。

实际上，不仅是中国，古希腊也存在着类似的德雅兼蓄之学，即 paideia (παιδεία)。paideia 是古希腊城邦用于教化和培育城邦公民的教学内容，亦即古希腊学园中所传授的治理城邦的学问。古希腊的学园多招收贵族子弟，他们所维护的也是城邦贵族统治的秩序。在古希腊学园中，一般教授修辞学、语法学、音乐、诗歌、哲学，当然也会讲授今天被视为自然科学的某些学问，如算术和医学。不过在古希腊，这些学科之间的区分没有那么明显，更不会存在今天的文理之分。相反，这些在学园里被讲授的学问被统一称为 paideia。经过 paideia 之学的培育，这些贵族身份的公民会变得“雅而有德”（καλὸς κἀγαθός），这个古希腊语单词形容理想的人的行为，而古希腊历史学家希罗多德（Ἡρόδοτος）常在他的《历史》中用这个词来描绘古典时代的英雄形象。

在古希腊，对 paideia 之学呼声最高的，莫过于智者学派的演说家和教育家伊索克拉底（Ἰσοκράτης），他大力主张对全体城邦公民开展 paideia 的教育。在伊索克拉底看来，paideia 已然不再是某个特权阶层让其后嗣垄断统治权力的教育，相反，真正的 paideia 教育在于给人们以心灵的启迪，开启人们的心智，与此同时，paideia 教育也让雅典人真正具有了人的美德。在伊索克拉底那里，paideia 赋予了雅典公民淳美的品德、高雅的性情，这正是雅典公民获得独一无二的人之美德的唯一途径。在这个意义上，paideia 之学，经过伊索克拉底的改造，成为一种让人成长的学问，让人从 paideia 之中寻找到属于人的德性和智慧。或许，这就是中世纪基督教教育中，及文艺复兴时期，paideia 被等同于人文学的原因。

2

在《词与物》最后，福柯提出了一个“人文科学”的问题。福柯认为，人文科学是一门关于人的科学，而这门科学，绝不是像某些生物学家和进化论者所认为的那样，从简单的生物学范畴来思考人的存在。相反，福柯认为，人是“这样一个生物，即他从他所完全属于的并且他的整个存在据以被贯穿的生命内部构成了他赖以生活的种种表象，并且在这些表象的基础上，他拥有了能去恰好表象生命这个奇特力量”[1]。尽管福柯这段话十分绕口，但他的意思是很明确的，人在这个世界上的存在是一个相当复杂的现象，它所涉及的是我们在这个世界上的方方面面，包括哲学、语言、诗歌等。这样，人文科学绝不是从某个孤立的角度（如单独从哲学的角度，

1　米歇尔·福柯，《词与物》，莫伟民译 . 上海：上海三联书店，2001，459-460。

单独从文学的角度，单独从艺术的角度）去审视我们作为人在这个世界上的存在，相反，它有助于我们思考自己在面对这个世界的错综复杂性时的构成性存在。

其实早在福柯之前，德国古典学家魏尔纳·贾格尔（Werner Jaeger）就将 paideia 看成一个超越所有学科之上的人文学总体之学。正如贾格尔所说，“paideia，不仅仅是一个符号名称，更是代表着这个词所展现出来的历史主题。事实上，和其他非常广泛的概念一样，这个主题非常难以界定，它拒绝被限定在一个抽象的表达之下。唯有当我们阅读其历史，并跟随其脚步孜孜不倦地观察它如何实现自身，我们才能理解这个词的完整内容和含义。……我们很难避免用诸如文明、文化、传统、文学或教育之类的词汇来表达它。但这些词没有一个可以覆盖 paideia 这个词在古希腊时期的意义。上述那些词都只涉及 paideia 的某个侧面：除非把那些表达综合在一起，我们才能看到这个古希腊概念的范阈”[1]。贾格尔强调的正是后来福柯所主张的“人文科学”所涉及的内涵，也就是说，paideia 代表着一种先于现代人文科学分科之前的总体性对人

---

1 Werner Jaeger. *Paideia: The Ideals of Greek Culture. Vol. 1*. Oxford: Blackwell, 1946, p.i.

文科学的综合性探讨研究，它所涉及的，就是人之所以为人的诸多方面的总和，那些使人具有人之心智、人之德性、人之美感的全部领域的汇集。这也正是福柯所说的人文科学就是人的实证性（positivité）之所是，在这个意义上，福柯与贾格尔对 paideia 的界定是高度统一的，他们共同关心的是，究竟是什么，让我们在这个大地上具有了诸如此类的人的秉性，又是什么塑造了全体人类的秉性。paideia，一门综合性的人文科学，正如伊索克拉底所说的那样，一方面给予我们智慧的启迪；另一方面又赋予我们人之所以为人的生命形式。对这门科学的探索，必然同时涉及两个不同侧面：一方面是对经典的探索，寻求那些已经被确认为人的秉性的美德，在这个基础上，去探索人之所以为人的种种学问；另一方面，也更为重要的是，我们需要依循着福柯的足迹，在探索了我们在这个世界上的生命形式之后，最终还要对这种作为实质性的生命形式进行反思、批判和超越，即让我们的生命在其形式的极限处颤动。

这样，paideia 同时包括的两个侧面，也意味着人们对自己的生命和存在进行探索的两个方向：一方面它有着古典学的厚重，代表着人文科学悠久历史发展中形成的良好传统，孜孜不倦地寻找人生的真谛；另一方面，也代表着人文科学努力在生命的边缘处，寻找向着生命形式的外部空间拓展，以延伸我们内在生命的可能。

3

这就是我们出版这套丛书的初衷。不过，我们并没有将 paideia 一词直接翻译为常用译法“人文学”，因为这个“人文学”在中文语境中使用起来，会偏离这个词原本的特有含义，所以，我们将 paideia 音译为“拜德雅”。此译首先是在发音上十分近似于其古希腊词汇，更重要的是，这门学问诞生之初，便是德雅兼蓄之学。和我们中国古代德雅之学强调“六艺”一样，古希腊的拜德雅之学也有相对固定的分目，或称为“八艺”，即体操、语法、修辞、音乐、数学、地理、自然史与哲学。这八门学科，体现出拜德雅之学从来就不是孤立地在某一个门类下的专门之学，而是统摄了古代的科学、哲学、艺术、语言学甚至体育等门类的综合性之学，其中既强调了亚里士多德所谓勇敢、节制、正义、智慧这四种美德

(ἀρετή)，也追求诸如音乐之类的雅学。同时，在古希腊人看来，“雅而有德”是一个崇高的理想。我们的教育，我们的人文学，最终是要面向一个高雅而有德的品质，因而我们在音译中选用了“拜”这个字。这样，“拜德雅”既从音译上翻译了这个古希腊词汇，也很好地从意译上表达了它的含义，避免了单纯叫作“人文学”所可能引生的不必要的歧义。本丛书的 logo，由黑白八点构成，以玄为德，以白为雅，黑白双色正好体现德雅兼蓄之意。同时，这八个点既对应于拜德雅之学的“八艺”，也对应于柏拉图在《蒂迈欧篇》中谈到的正六面体（五种柏拉图体之一）的八个顶点。它既是智慧美德的象征，也体现了审美的典雅。

不过，对于今天的我们来说，更重要的是，跟随福柯的脚步，向着一种新型的人文科学，即一种新的拜德雅前进。在我们的系列中，既包括那些作为人类思想精华的**经典作品**，也包括那些试图冲破人文学既有之藩篱，去探寻我们生命形式的可能性的**前沿著作**。

既然是新人文科学，既然是新拜德雅之学，那么现代人文科学分科的体系在我们的系列中或许就显得不那么重要了。这个拜德雅系列，已经将历史学、艺术学、文学或诗学、哲学、政治学、法学，乃至社会学、经济学等多门学科涵括在内，其中的作品，或许就是各个学科共同的精神财富。对这样一些作品的译介，正是要达到这样一个目的：在一个大的人文学的背景下，在一个大的拜德雅之下，来自不同学科的我们，可以在同样的文字中，去呼吸这些伟大著作为我们带来的新鲜空气。

- 代译序 -

戏剧 - 事件与真理的重临

蓝 江

巴迪欧的哲学有四个前提，分别是：科学、艺术、政治和爱。而在艺术这个前提之下，巴迪欧认为有两种艺术形式，比起其他的，更能够触及真理。这两种艺术就是诗歌和戏剧。巴迪欧对诗歌的挚爱，不用过多赘述，他用他那充满热情的文章讴歌着马拉美、兰波、佩索阿、圣 - 琼 · 佩斯、策兰、曼德尔斯塔姆、瓦莱里，而他们的诗歌，如曼德尔斯塔姆的《世纪》、圣 - 琼 · 佩斯的《远征》、马拉美的《骰子一掷》、兰波的《地狱一季》，都成为巴迪欧作品中被反复征引的对象。而戏剧，也与巴迪欧的人生经历有着非常密切的关系：从小时候演出莫里哀的《斯卡班的诡计》开始，到他创作了大量自己的戏剧，从“艾哈迈德四部曲”到新近出版的《苏格拉底的第二次审判》，巴迪欧都展现了戏剧方面的才华。不仅如此，莫里哀、高乃依、瓦格纳、皮兰德娄、易卜生、克罗岱尔、布莱希特、贝克特等剧作家也是他所津津乐道的对象，戏剧是巴迪欧所认为的“真正的艺术”，它可以通过其独特的形式，让真正的观念在戏剧中道成肉身。

一、“戏剧”与戏剧

在巴迪欧以尼采式格言体完成的作品《戏剧狂想曲》(*Rhapsodie pour le théâtre*)的开头，他给出了一个十分有意思的区分：“正如其他所有人都会看到的，将世界分成有戏剧的社会和无戏剧的社会，是一个不错的区分。”[1] 为什么是戏剧？为什么用有无戏剧来区分今天的社会？在电影和网络视频已经遍及我们日常生活各个角落的今天，巴迪欧仍然将戏剧作为我们社会的一个重要尺度，是否有老堂吉诃德用长枪挑战风车的嫌疑？问题恰恰相反，巴迪欧并不是在一个线性历史

1 Alain Badiou, *Rhapsody for the Theatre*, trans. Bruno Bosteels & Martin Puchner, London: Verso Books, 2013, p.1.

轴上来谈论戏剧与电影的关系，事实上，艺术史的发展不尽然是用电影来取代传统的戏剧，戏剧的存在也不仅仅满足于为人们叙述了一个情节、一个故事、一段传奇，而是让某种不曾发生的东西，在舞台上，以不断重复的方式发生。的确，今天也有戏剧，但在巴迪欧看来，这种戏剧更多是带引号的戏剧，这种以不断重复既定情节，不断满足于让观众陷入猥琐的欢笑或低廉的眼泪之中的“戏剧”，与电影更具震撼力的视觉传播和蒙太奇式的叙事方式相比，的确没有任何优势。这样，巴迪欧用作区分的戏剧，绝对不是这种以重复既有秩序为基础的“戏剧”，而是另一种**戏剧**，一种可以承载当代哲学和政治观念的戏剧。不过，在理解巴迪欧的不带引号的**戏剧**之前，我们必须理解他如何来阐述他对戏剧的理解。

在《非美学手册》(*Petit manuel d'inesthétique*)中，巴迪欧曾对戏剧下过一个定义，他提出，戏剧

> 是由各个完全离散的元素组成的**集合**，既有物质元素，也有观念元素，戏剧唯一的存在就在于表演，在于戏剧再现的演出。这些元素(剧本、场所、身体、声音、服装、灯光、观众……)在一个事件中被聚集在一起，这

个事件就是(再现的)表演，它一夜又一夜地重复，在任何意义上，都没有妨碍如下这一事实：每一次表演都是事件性的，即都是独特的。[1]

从这个定义中，我们可以得出几个重要的命题：

(1)戏剧并不是单一元素的艺术。从一开始，戏剧就是多种元素的集合。在巴迪欧的意义上，集合是不能简单等同于各个元素简单相加的，因为集合有自己的独特命名，所以，作为集合的戏剧，从本质上区别于各种散落的艺术元素之和。

(2)此定义中的另一个关键词是再现。对于巴迪欧来说，戏剧的根本不是戏剧本身，而是戏剧在一定程度上再现了当下。必须说明的是，巴迪欧认为戏剧再现的对象不应该是一种既定的连贯性的结构，即按照一定国家构筑起来的语言或权力关系结构，在这样的结构下面，我们只能看到与国家的需要相一致的东西。相反，戏剧再现的是一种不连贯的当下，一种各种权力和偶然性力量共存性的格局，这种格局不能还

1 Alain Badiou, *Petit manuel d'inesthétique*, Paris: Seuil, 1998, p.113.

原为某种单一的话语形式和权力架构，它总是在其中充当了不能被主导性话语所把握的例外。在这个意义上，戏剧所再现的不是秩序和权力，而是例外，一种真实的例外。

（3）或许正因为戏剧再现的是无法被秩序或权力把握的真实的例外，戏剧才能构成为一种事件，一个独特的事件。在《存在与事件》中，巴迪欧多次强调，事件只能发生在一个不可分析的事件位（site événementiel）上，按照他的定义："一个多，它没有元素展现在情势之中。这个位，即只有它自身被展现出来，没有展现出任何组成它的元素。"[1] 换句话说，戏剧向我们呈现的不是孤立的剧本、舞台布景、演员、音乐或观众，而是在戏剧的演出中，所有这些元素被组成了一个共同的事件位，在这个事件位上，戏剧诞生为一个从未存在过的新事物。

这个定义的后两点，正是巴迪欧区分真正的戏剧和带引号的戏剧之间的理由。"戏剧"并不产生任何新的东西。在《戏剧狂想曲》中，巴迪欧认为"戏剧"是一种极其低俗的艺术表达，与真正的戏剧相反，"'戏剧'就是践行既定意义上的'戏

---

1 Alain Badiou, *L'Être et l'événement*, Pairs:Seuil, 1988, p.195.

剧’，在这种‘戏剧’中，不缺少任何东西，也抹除了任何偶然，让那些憎恨真相的人感到心满意足”[1]。“戏剧”中的世界是一个停滞世界，他们试图将眼前的欢愉与快感转化为永恒的法则，将“戏剧”中转瞬即逝的欢乐变成永恒的歌舞升平的典礼仪式。后来在阿维农戏剧节的一次访谈中，巴迪欧再次声讨了带引号的戏剧：“我所谓的‘戏剧’，要么是某种类似于娱乐的东西，要么是矫揉造作的失败，一种欺骗行为，或者是毫无新意地死抠僵死传统的模仿。”[2]

与这种践行一种僵死传统的“戏剧”不同，巴迪欧的戏剧是对当下真实的再现。当下的真实，恰恰逃离了秩序和权力普照之光的照射，表现为一种无关系的关系，它不能拿到话语分析的手术台上来切割。真正的真实，在巴迪欧那里表现为一种不连贯性，一种断裂的、挤压的、扭曲的真实，任何平缓连贯的话语秩序，任何以可理解性、可辨识性为目的的象征能指链都无法穿透的东西。换句话说，真正的戏剧始终表现为对现有秩序的逃离。让那无法被现存既定的秩序所

1　Alain Badiou, *Rhapsody for the Theatre,* trans. Bruno Bosteels & Martin Puchner, London: Verso Books, 2013, p.21.

2　Alain Badiou, *Éloge du théâtre,* Paris: Flammarion, 2013, p.86.

把握的东西从象征能指链的缝隙中涌现出来。在这个意义上，“真正的戏剧仅仅在第一次表演的一刻才能变得可见”[1]，它将自己展现为一个前所未有的事件，在舞台上，让演员的身体、剧本中的台词、导演的观念、舞台布景中的视觉景观以及观众的目光在一个表演行为中凝结成一个无法被单一逻辑所把握的整体。戏剧中所表现出来的景象，在巴迪欧看来，就是真实，一种真实的现实在舞台上活生生地排演。巴迪欧在对让·热内（Jean Genet）的戏剧《阳台》（*Le Balcon*）中的循环式结局作评论时指出：“热内的主题在这里非常明显，即某个时刻上的影像只能被想象为一种返回，返回再现，在再现中，戏剧是最不虚假的（况且热内说过，其他一切东西会成为虚假）。唯一的永恒是循环。欲望永远都是权威的重新开始，而权威又以图像形式来展现。”[2] 实际上，在巴迪欧的评论中，热内试图展现一种无法理解的循环性，对于真正的革命，热内只能用尼采式的永久轮回来加以解决，但恰恰是这种“返回”（retour），使热内展现出某种真实。在巴迪欧看来：“事

1 Alain Badiou, *Éloge du théâtre,* Paris: Flammarion, 2013, p.86.

2 Alain Badiou, *Pornographie du temps présent,* Paris: Fayard, 2013, p.36.

实上这就是事物的当代状态：中产阶级沉溺于商品和电视影像，而革命、共产主义成为业已死亡的天体，只能在远处运转，丧失了任何肯定性的形象，仿佛它已经被图像生产体系所桎梏，而统治集团及警察局长的队伍自认为可以将它们永远隔离起来。”[1] 这样，热内戏剧所产生的真正的真实不是剧情的循环，不是尼采式的永久轮回，而是这种图像生产体系的桎梏，它们永久性地将革命和共产主义等观念隔离在外，让它们永远不会触碰到这个被禁锢起来的统治者的世界。巴迪欧认为热内在 1970 年代创作这部戏剧时，正是对蓬皮杜政府的一种再现，再现了在所谓的左翼政府下知识分子的一种既非反抗，也非顺从的悖论性状态。巴迪欧说："热内《阳台》中妓院里的人物形象更多来自于那些没落的共和国贵族，从他们所持的十字架和剑来说，我们更容易想到的是 19 世纪的布朗格（Boulanger），而不是蓬皮杜。但必须要说的是，没有人敢直接赤裸裸地将现实反抗演出来或搬上舞台，相反，剧本中的邪恶就是在舞台上展现出警察局长的愚蠢。”[2]

1　Alain Badiou, *Pornographie du temps présent,* Paris: Fayard, 2013, p.43.

2　Alain Badiou, *Rhapsody for the Theatre,* trans. Bruno Bosteels & Martin Puchner, London: Verso Books, 2013, p.38.

是的，真正的戏剧并不在于重复既定的秩序，将已经在世界上昭然若揭的东西重新展现给观众看。**戏剧**在于，为我们展现出我们所不能看到的东西，或者展现出被我们认为没有任何关联的东西之间存在着某种关系。巴迪欧在对贝克特的戏剧作评论时曾写道："我们只能说，戏剧真正的本质就是澄清与照亮那些在它和文本运动之间的无关系的关系。"[1]恰巧，在一次演讲中，他也强调："哲学唯一感兴趣的东西就是无关系的关系。"[2]在这个意义上，哲学天生就是对戏剧的思考，在戏剧撕开话语秩序，并在无关系的元素之间建立起关系，让某种东西变成无法在传统的知识和话语秩序中理解的事物时，戏剧和哲学十分默契地向我们揭示着话语秩序和象征能指链之外的真相，我们可以借用巴迪欧在《戏剧颂》中的一个说法："戏剧与哲学是一对古老的搭档。"[3]

二、在舞蹈与电影之间

在《非美学手册》中，巴迪欧谈到了三种艺术，即舞蹈、

---

1 Alain Badiou, *Beckett, L'increvable désir,* Paris: Hachette, 1995, p.69.

2 巴迪欧、齐泽克，《当下的哲学》，蓝江、吴冠军译，北京：中央编译出版社，2017，14。

3 Alain Badiou, *Éloge du théâtre,* Paris: Flammarion, 2013, p.31.

戏剧和电影。这三种艺术,是按照一个顺序排列的,也就是说,戏剧的地位处于舞蹈和电影之间。为何如此?对于巴迪欧来说,舞蹈和电影何以构成戏剧的两极?因此,我们首先需要理解巴迪欧是如何理解舞蹈和电影的。

首先是舞蹈。在《非美学手册》中,巴迪欧认为舞蹈是“思想的隐喻”,它并不是一种局限在既定框架下的艺术,相反,舞蹈表现身体的灵动,表现身体运动可以在空间中随意流淌。舞蹈,在最大程度上,展现了身体的潜力,同时也将身体的表现力推向极致。因此,舞蹈是流动的,它在空间中无拘无束,为我们呈现的是一个无器官身体,而这展现出来的正是一种内在性(immanence)的生命艺术。在《千高原》中,德勒兹和加塔利曾这样描述实现无器官身体的可能性:“因此,应该这样做:将你自身置于一个层之上,利用它所提供的那些可能性进行实验,在它之上发现一个有利的场所,发现潜在的解域运动,可能性的逃逸线,检验它们,到处确保着流之间的结合,一个节段一个节段地检验强度的连续体,始终拥有新疆土之上的一小块土地。正是通过与层之间审慎的关联,我们才成功释放出逃逸线,使结合之流得以传布并逃逸,为了一个无器官身体而形成连续的强度。”[1]德勒兹的无器官身体，正是在于不断地逃逸，不断地解域试图约束它的层，始终在每一次运动中保持一种新的领地，同时又在下次运动中指向新的外部。德勒兹无器官身体的逃逸式运动，启发了舞蹈研究。菲利帕·罗丝菲尔德（Philipa Rothfield）《舞蹈与过渡时刻：德勒兹的尼采》在德勒兹和加塔利的无器官身体的概念影响下，提出：“舞者的身体是由多种身体构成的，每一个身体都有自己的力的构型关系、互动性和内在活力。同样，更大的身体是由跨越身体边界的力量混合而成的，包括与伴舞合体的身体，与观众、社会性身体甚至体制合体的身体。”[2]舞蹈的身体始终在逃逸固定疆界，它在每一个舞蹈动作中生成新的形式样态，同时这种舞蹈动作的变化，也超越了单纯个体的边界，在合舞中，所有舞者的动作被合并为共同的力量，在合体中，舞蹈艺术不再呈现某个单一个体的身体，而是一种超越了个体边界的共同身体。舞蹈将德勒兹和加塔利

---

1 德勒兹、加塔利，《资本主义与精神分裂（卷 2）：千高原》，姜宇辉译，上海：上海书店出版社，2010，223。

2 Philipa Rothfield, ‘Dance and the Passing Moment:Deleuze’ s Nietzsche’ , in *Deleuze and the Body,* eds. Laura Guillaume & Joe Hughes, Edinburgh: Edinburgh University Press, 2011, p.215.

的无器官身体和内在性平面的观念发挥到极致，它本质上展现了无限流淌生成的潜能，也展现了永远无法被固定疆域所局限的生命的内在性。与舞蹈相伴的是一种爱欲(Eros)或力比多的流淌，因为其无限的流变，时间对于舞蹈来说，并没有太大的意义，相反，舞蹈更多是一种空间中的艺术，一种在空间中无限绵延的内在性。在这个意义上，巴迪欧将这种不断生成，又无法被固定形式所把握的舞蹈性身体称为“思想的隐喻”，而它最根本的特征，就像汹涌澎湃的情欲一样，在空间中绽放或幻灭。所以巴迪欧说：“舞蹈是唯一受空间限制的艺术。而戏剧并不是这样。我说过，舞蹈是命名之前的事件。相反，戏剧只是演出了命名活动的结果。一旦有一个剧本，一个名称被给定，戏剧就有了时间的要求，而不是空间的要求。……空间并不是戏剧的本质要求。相反，舞蹈将空间整合到其本质之中。唯有舞蹈能够实现这种思想的形象，因此我们可以认为舞蹈在空间中让思想象征化了。”[1] 舞蹈，一种无时间的任意在空间中流淌的艺术，一种无法用任何固定形式去把握的艺术，它的生命力和动力就在于不断地生成、

1 Alain Badiou, *Petit manuel d'inesthétique*, Paris: Seuil, 1998, p.100.

变化、逃逸。空间中的变化不定正是舞蹈艺术的真正本质，而这种无形式的变化，体现的也正是思想的变化不定，这或许正是巴迪欧认为舞蹈是“思想的隐喻”或“思想的形象”的原因吧。

而在这个线轴的另一端，是被巴迪欧称为“虚假运动”的电影。电影运动为什么是虚假的？因为电影的运动并不是真实发生的运动，在巴迪欧看来，电影的运动是通过镜头和蒙太奇等外在的方式，让电影看起来像是一个连续的运动。巴迪欧说：“归根结底，电影只有镜头与蒙太奇，没有别的。我的意思是，此外没有别的东西是‘电影’专有的。所以必须要支持这样的观点，即按照公理性判断，一部影片就是运用镜头与蒙太奇展示理念的经过。”[1]电影的运动是用镜头和蒙太奇的方式拼贴而成的，它本身并不是“纯粹”的运动。或者我们可以反过来说，电影的本质恰恰就在于这种“不纯粹性”。而“虚假运动”和“不纯粹”的电影，在巴迪欧看来，构成了一种从高处照射的光，将本不构成连续性的片段，强制性地变成一种“虚假运动”。因此，在电影这一边，我们看到的不

1　巴迪欧，《电影的虚假运动》，载于李洋主编《宽忍的灰色黎明：法国哲学家论电影》，开封：河南大学出版社，2014，69。

再是一种身体运动的绵延和生成，而是纯粹从外在的力量所强制形成的“虚假运动”，如果我们将舞蹈视为一种内在性的运动，那么，我们可以把电影视为超越性（transcendence）的运动。电影所有的片段，都不依赖于自身，在新的蒙太奇的拼贴过程中，内在性意义完全让位于从外部强加的超越性意义。正如巴迪欧强调的：“这就是电影给观众的承诺：电影，就是可见的奇迹（miracle），就是不可或缺的奇迹与断裂。毫无疑问这就是我们最受益于电影的东西。”[1] 当巴迪欧使用“奇迹”一词来形容电影时，表明电影及其影像实际上不再属于内在性，而是一种超越性的维度。巴迪欧在谈到居伊·德波的电影时，曾说：“我曾看过居伊·德波的全部电影作品，尤其是《我们游荡在黑夜里，然后被烈火吞噬》……赋予电影荣耀的是一种纯粹时间性的要素。电影完全不同于戏剧，电影可以没有观众而发生，因为最终它将再现变成额外的排演，将业已发生的景观变成早产的事件。”[2] 准确地说，电影所表现的超越性是一种影像的超越性，一种在影像机器中自主生成

1 巴迪欧，《电影作为哲学实验》，载于李洋主编《宽忍的灰色黎明：法国哲学家论电影》，开封：河南大学出版社，2014，33。

2 Alain Badiou, *Rhapsody for the Theatre,* trans. Bruno Bosteels & Martin Puchner, London: Verso Books, 2013, p.2-3.

的超越性。德勒兹在《电影 2：时间 - 影像》的结论部分，也肯定了这种纯粹电影影像的超越性或先验性：

> 我们正面对现实影像和它自身的潜在影像，因此，这里不再有真实与想象的连贯，而只存在这无限交换中两者的不可辨识性。较之视觉符号，这是一个进步：我们已经看到晶体（玻璃符号）如何确保描述的分布和如何在已成为互动的影像中进行交换，如现实与潜在，清晰与暗淡，胚胎与环境。晶体符号当自己达到真实与想象不可辨识性的高度时，也超越了整个回忆和梦幻心理学和整个动作的物理学。我们在晶体中所能看到的，已不再是作为现在连续的时间经验过程，也不再是作为间隙或整体的时间间接表现，而是时间的直接显现……直接时间-影像或时间的先验形式是我们在结晶中看到的东西。[1]

在这个意义上，巴迪欧和德勒兹都看到一种超越了我们自己有限的生命力量之外的影像的超越性，这种超越性或先

1　德勒兹，《电影 2：时间 - 影像》，谢强、马月译，长沙：湖南美术出版社，2004，435-436。

验性不是我们直接在现实时间里可以掌控的东西，纯粹的电影影像将自己构成为一种超越了我们生命经验的实在和潜在之分的绝对先验之维，即德勒兹意义上的“时间的直接显现”。所以，在巴迪欧的艺术轴线上，如果说舞蹈艺术代表着身体流淌的绝对内在性，一种纯粹生命之力的冲动，那么电影艺术就是一种影像的超越性维度，这个维度上的纯粹影像已经超越了此在的生命内在性体验，在影像晶体的维度上重新架构了生命。

显然，巴迪欧并没有随着德勒兹的角度，同时投身于身体的内在性和影像的超越性之中。在巴迪欧看来，德勒兹的方向，或者他所提出的游牧主义，在畅快淋漓地分享了肉身的盛宴之后，便将血肉生命献祭给影像的语言。在《世界的逻辑》中，巴迪欧与德勒兹式的生命主义保持了距离，他将这种生命主义命名为民主唯物主义，因为德勒兹主义者的公理便是“除了身体和语言之外，别无他物”。巴迪欧将这个公理改为了“除了身体和语言之外，还有真理存在”[1]。这个真理就是戏剧。唯有在这里，我们不再将巴迪欧的戏剧之愿视为

1　Alain Badiou, *Logiques des mondes*, Paris: Seuil, 2006, p.12.

一种堂吉诃德式的武勇，相反，巴迪欧将戏剧视为超越民主唯物主义的身体和语言，超越身体内在性和语言或影像超越性的真理之维。巴迪欧指出："舞蹈是身体的内在性，也就是说，在自身运动内部表现出来的身体。相反，影像是一种明亮的超越性，一个外部，它将它的权力施加在身体之上。今天，当技术手段过度地增长了影像的力量时，尤为如此。我更愿意将戏剧定位在舞蹈和影像之间，舞蹈与电影之间，而我所理解的'电影'就是当代影像力量的最大化。我所谓的'之间'，意味着戏剧是两者的互动，即舞蹈—音乐和影像—剧本之间的互动，但二者又彼此不相互混淆。"[1]这里存在着一个辩证法，即巴迪欧将戏剧看成是身体与影像 - 语言，内在性与超越性的辩证式的体现。戏剧既不是一种转瞬即逝的生命力量的流淌，不准备成为飞蛾扑火式的狂欢，同时戏剧也并没有将自己的权力全部交付于影像和语言的超越性力量，而是将影像的景观作为戏剧构成的一个元素（如舞台布景和设计）。与身体的绵延和影像的结晶不同的是，巴迪欧更关心处于身体与影像之间的真理，或一种能够照亮真理的观念。从 1980 年

1　Alain Badiou, *Éloge du théâtre,* Paris: Flammarion, 2013, p.53-54.

代以来，真理和戏剧一样，早就被后结构主义者和生命论者抛入历史的故纸堆里，然而，通过戏剧，巴迪欧再次高举真理的大旗，认为只有在戏剧中，在身体与影像（或语言）的辩证关系中，才能找到通向真理的路径。

三、真理的出场与主体的复苏

或许，只有在这里，我们才能深入理解巴迪欧赋予戏剧的独特地位。戏剧之所以是独特的，不仅仅在于它再现了当下的真实，正如他试图借一个祖籍阿尔及利亚的穆斯林黑人角色艾哈迈德（Ahmed）来重新谱写莫里哀的经典喜剧《斯卡班的诡计》，来表明非洲裔穆斯林在今天仍然充当着法国的“局外人”；而且戏剧本身将自身诞生为一个不可分析事件，它有效地将各种异质性的因素，在事件之名下，合体为一个悖谬性的整体。或许，我们可以用这种方式来解读巴迪欧的“艾哈迈德四部曲”（《狡猾的艾哈迈德》[*Ahmed le subtil*]、《哲人艾哈迈德》[*Ahmed philosophe*]、《发怒的艾哈迈德》[*Ahmed se fâche*]、《南瓜》[*Les Citrouilles*]）和新剧《苏格拉底的第二次审判》(*Le second procès de Socrate*)。

艾哈迈德的形象是巴迪欧对他最喜欢的莫里哀的戏剧形象的改写，在他看来，作为奴仆的斯卡班是一个“对边”(diagonal) 角色。“对边”是巴迪欧很喜欢使用的一个数学名词，表示一个四边形的对角线和对边，换句话说，“对边”角色意味着与主体角色的绝对不相容，也意味着一个从未被想到的角色的真实刺入。这样，在莫里哀那里作为白人奴仆的反客为主的斯卡班，在这里被阿尔及利亚裔黑人艾哈迈德所取代，尽管艾哈迈德的诡计与斯卡班的诡计存在着某种相似。不过针对艾哈迈德的角色，巴迪欧说道:“在这个意义上，他(艾哈迈德)成为了一个‘局外人’，来自于他处的人，他充当了一个隐喻: 事实上，他就来自于这里，在‘这里’揭示了他的骗局和他的伪装。……作为一个对边角色，艾哈迈德展现了纯粹戏剧性的力量，也就是说，那些真实的必然性(如市场经济、选举、人权、左与右、金融全球化……)都可以视为一种纯粹话语。而艾哈迈德不停地让社会博弈中的人物形象变得荒谬可笑，在舞台上，艾哈迈德让这些人物的身体变得羸弱，声音变得滑稽，艾哈迈德(他比那些专业评论者能更好地使用这些话语）把他们的话语变成了空壳。”[1] 也就是说，巴迪欧通过艾哈迈德的“对边”角色，让正常的在社会场景中起作用的身体和声音变得空洞。艾哈迈德这个角色的要义并不在于他如何实现了主人的意愿，而是通过他的诡计，让平滑地在社会中运动的东西都变得毫无意义。一方面他生产了身体的运动，让主人和其他的社会角色都跟着他的节奏做着无意义的身体运动。这种运动不再是德勒兹意义上的内在性生命的身体，而是被艾哈迈德的诡计所操纵的身体运动。同时，原先在社会博弈和交际场合使用的主人们的官话和套话变得无效，甚至他们的日常语言也变成了空壳，其中的人物角色，如作为工头的穆斯塔西（Moustache）、节目主持人吕巴贝（Rhubarbe）以及共和派议员彭佩斯坦夫人（Pompestan）等人的官方话语和形式话语在艾哈迈德的诡计面前都变成苍白。简言之，艾哈迈德通过自己的独特行为，实现了真理的生产，让由身体和话语主导的现实社会秩序被悬置，真理也从艾哈迈德的诡计中涌现出来。这样，艾哈迈德，作为巴迪欧的真理的代言人，让“除了身体和语言之外，

---

1 Alain Badiou, *La Tétralogie d'Ahmed*, Arles: Actes Sud,2015, p. 19.

还有真理”的命题在“艾哈迈德四部曲”中得以道成肉身。

而在《苏格拉底的第二次审判》中，巴迪欧通过对经典的苏格拉底审判的现代改写，再一次让戏剧以真理的形象诞生于身体与语言（或影像）之间。在“艾哈迈德四部曲”中，对身体和语言的悬搁，是由阿尔及利亚裔黑人穆斯林艾哈迈德这个“对边”角色来实现的，而在《苏格拉底的第二次审判》中，我们已经看不到一个叫作艾哈迈德的主体全过程地将所有人物和场景贯穿起来。尽管我们可以在所有场景中都看到一个名叫卢勒塔比耶的《革命报》记者，但是这个记者在审判的大部分时间中都在沉睡，只是偶然惊醒，来重复一下其他人的只言片语，实际上他并没有主导和操纵整个审判过程，甚至我们可以说，由于他的沉睡，他连一个见证者都算不上。可以说，《苏格拉底的第二次审判》的创作，代表着巴迪欧戏剧观念的升华，如果说在“艾哈迈德四部曲”中，艾哈迈德还积极地将自己变成真理的代言人，一个道成肉身的主体，那么，在《苏格拉底的第二次审判》中，我们则根本无法找到一个确切的主体，让身体，甚至是赤裸的身体（在舞台上脱光衣服的女清洁工）变得孱弱，在审判构成中变成一种多余的东西（如阿里斯托芬拽住自己将自己拖下舞台的身体动作）；此外，语言或影像也变得荒诞起来。按照巴迪欧的设定，在法院门口售卖奶酪的小贩实际上扮演着类似于艾哈迈德式的角色，这个奶酪小贩就是一个“对边”角色，在法庭的入口处，奶酪小贩如同斯卡班和艾哈迈德一样，消遣着先后出入法庭的卢勒塔比耶，还有三个装腔作势、使用着不同黑话的辩护律师——色诺芬、柏拉图和阿里斯托芬，让他们几个那些一本正经的话语在售卖奶酪的叫卖声中变成荒谬可笑的东西。不过，有趣的是，巴迪欧并没有让这个带有戏谑智慧的艾哈迈德式的小贩进入法庭，他仅仅停留在法庭的外部，正如小贩自己所说：“我更想到上面去卖奶酪。但有人跟我说过，上面没有卖奶酪的地方，那里只有走廊和办公室。然后我又想，我要是在上面，你们、观众们就看不到我了。既然眼见为实，那么如果你们看不到我做奶酪小贩，就不会再相信我是奶酪小贩。”[1] 此处，一个非常深刻的点在于，相对于艾哈迈德的诡计，小贩意识到尽管他可以出入于法庭上层，但是这势必意味着他会成为与法官、书记员、律师一样的角色，他变成了一个道貌岸然的人，那个曾经的奶酪小贩，艾哈迈

1　见本书第 37 页。

德式的“对边”角色将不复存在。

艾哈迈德式人物的缺席实际上让法庭审判的荒谬性不断持续。这是一个持续了两千多年的审判，在戏剧中，苏格拉底被假定为没有饮鸩而死，而是苟且偷生地活了下来。事实上，这次延搁了两千多年的审判不是由苏格拉底自己来辩护的，而是找来了三位辩护律师，也就是历史上曾经记载了苏格拉底不同形象的三位作者：色诺芬、柏拉图、阿里斯托芬。和历史上一样，苏格拉底自己并没有直接在法庭上出场，对苏格拉底的辩护全部依赖于三位律师的话语和形象描述，也正是通过他们三个人的著作，我们理解了所谓的苏格拉底。而巧妙的地方正在于，三种关于苏格拉底的辩护（或话语）的并置，让这场戏剧具有了荒诞性的色彩，实际上法官们并没有从三人不同的辩护词中获得任何可以判定苏格拉底有罪或无罪的信息。苏格拉底自身的缺席使其被完全包裹在不同的话语和形象之中，正如色诺芬在辩论中坦诚谈及的：“柏拉图和我喜爱哲学，所以我们把一切都推到苏格拉底身上，从未承认那其实是我们想借他之口说出的话。这样一来，我们隐藏在苏格拉底身后，畅所欲言。”而色诺芬这一陈词，让敏感的记者卢勒塔比耶抓住了把柄，他迅速呼应道：“这真是个爆炸性新闻！我得马上打电话给我的报社！苏格拉底其实是柏拉图和色诺芬包装出来的。”[1]在没有真理的背景下，话语和身体支配着整个世界，所有的真相（即苏格拉底）的形象，都是用精妙的话语编制而成的，而且像色诺芬说的那样，被灌注了自己的想法和死活。真理之光被话语和身体所掩盖，我们只在话语秩序的描述下，看到被遮蔽的苏格拉底的影子，而支配着这些影子的，无非是由话语所构成的诸多意见和形象。古希腊已经宣布了苏格拉底（即真理）的死亡，在巴迪欧看来，今天的智者和反哲学家（尤其是维特根斯坦）将这种话语和语言游戏推向极致，直接认为在这些话语游戏之下，没有真理，没有苏格拉底。而在此前，所谓的苏格拉底是一个警察假扮的，阿里斯托芬作为诗歌和剧作家，也曾经将自己伪装成苏格拉底，他们这种伪装，并不是让真理出场，而是通过自己的身体（警察的行为和阿里斯托芬的动作）代替真正的真理——真正的苏格拉底出场，从而占据那个长期以来空洞的被告席。

不过，巴迪欧显然不想做当代的色诺芬或阿里斯托芬，他并没有随着后现代主义和新实用主义的主张，在话语和身

1　见本书第 136 页。

体中消解真理的存在。正如他在《世界的逻辑》中高举真理的大旗，在《苏格拉底的第二次审判》中，他最后坚持让苏格拉底出场了。在法官们经过一番争吵是否判苏格拉底有罪之后，在第六幕的第四场和第五场中，苏格拉底十分平静地走到灯光之下，让自己直接出现在舞台上，出现在观众面前。这就是巴迪欧坚持认为“除了身体与语言之外，还有真理存在”的明证。不过苏格拉底的现身，并不代表他是来参加对他的审判，他仅仅是证明，一个当代遵循英美自由主义法系的法庭无法对他进行审判，这场在英美法系下进行的对古希腊人物的审判就是荒谬。所以，戏剧的结尾并不是宣布苏格拉底有罪还是无罪，而是宣称对苏格拉底的审判无效[1]。一个有限国度的司法程序，无法对无限真理，一个作为真理之化身的人物，进行审判，这种审判自然也是无效的。

也就是说，在《苏格拉底的第二次审判》中，巴迪欧通过真理的第二次降临，或者第二次审判，让反哲学的智者们的语言和身体变得无效。实际上，这些以语言游戏和身体为最终尺度的现代智者，根本无法面对真理的观念，而苏格拉

1　见本书第 184 页。

底在最后两场戏中的现身，也让巴迪欧的戏剧与那些后现代主义的"样板戏"拉开了距离。苏格拉底的现身如果不是为了接受审判，那么他为何在沉寂了两千多年之后再次现身？我们会发现，在最后一场戏（第六幕第五场）中，苏格拉底真正对话的对象是这场审判的唯一观众、《革命报》记者卢勒塔比耶。他之所以与卢勒塔比耶对话，并不是因为他拥有记者的身份，而是因为他是观众，拥有整个审判戏剧最特殊的身份，是售卖奶酪的小贩所说的唯一贯穿六幕戏的角色。

实际上，巴迪欧在多个场合都坚持认为，作为事件的戏剧，最终指向的是观众的在场。而电影与戏剧的真正区别在于，电影没有直接的观众，其中的演员无须直接对现场观众的反应作出判断和回馈。在一定程度上，观众并不是被动地接受戏剧的感染，相反，他们就是戏剧的一部分，他们在观看戏剧时被戏剧事件主体化。巴迪欧说："戏剧需要它的观众，观众会发现他们坐在座位上难以抑制自己的躁动，倾向于去发展戏中所缺少的意义，他们反过来成为了解释的解释者。"[1]在戏剧中，观众动摇了，他们之所以动摇，是因为戏剧撼动

1 Alain Badiou, *Rhapsody for the Theatre, trans.* Bruno Bosteels & Martin Puchner, London: Verso Books, 2013, p.24.

了他们之前认为十分稳定的社会和国家的结构，在身体和话语秩序被真相穿透那一刻，他们被真正的**理念**所感染，并积极地将自己变成当下时代的政治主体。实际上，在巴迪欧的老师阿尔都塞那里，这种观念戏剧的想法已经体现在他对德国马克思主义剧作家布莱希特的评价中："我只能得出这样一个结论：一个没有真正自我批判的时代必然倾向于通过非批判的戏剧来表现自己和承认自己。然而，布莱希特之所以能够同这些明确条件决裂，那仅仅因为他已同它们的物质条件决裂了。他要在舞台上表现的东西，正是对自发意识形态美学的明确条件。"[1] 阿尔都塞的观念是，布莱希特用戏剧来驱除观众心中的自发性意识形态的阴霾，但是阿尔都塞的无主体的结构主义无法让他更进一步。巴迪欧在这个基础上发展了他老师的戏剧理论，即不仅要驱除自发性意识形态的阴霾，还需要让主体重生。

实际上在《世界的逻辑》中，巴迪欧提出了面对事件时的三种主体立场（即忠实主体、反动主体、蒙昧主体）之后，认为还存在一种主体形式，这就是重生主体。在事件当中，

1 阿尔都塞，《保卫马克思》，顾良译，北京：商务印书馆，2006，136。

忠实主体的革命行动被反动主体或蒙昧主体所压制、所遮蔽。但是忠实主体会在另一个时代以另一种方式来复苏，巴迪欧说："我们将这种主体称为**复苏主体**，它在其真理之表象的另一种逻辑中重新激活了主体。当然，复苏主体也预设了一个新世界，它生产出诞生新事件、新痕迹、新身体的情境，简言之，诞生了一个新的真理程序，在这个真理程序的规则之下，那些被遮蔽的部分，从对它的遮蔽中摆脱出来之后，摆正了自身的位置。"[1]这样，在戏剧的事件中，戏剧在观众里产生的震荡，足以让观众成为一个复苏的主体，一旦主体得以复苏，意味着戏剧也成为了观念 - 戏剧，为主体通向真正的真理打开了大门。

最后，必须说明的是，观念 - 戏剧的意思并不是将某种现成的观念灌输给观众，让观众重新成为政治洗脑的产品。巴迪欧绝不是这个意思，这也不是布莱希特离心化戏剧的意义。巴迪欧用了一个特殊的隐喻来形容戏剧为观众带来的复苏，这个隐喻就是游荡。游荡代表着观念 - 戏剧将我们连根拔起，让我们脱离我们所熟悉的安逸的环境，去面对那未知

1 Alain Badiou, *Logiques des mondes,* Paris: Seuil, 2006, p.74.

的无限作勇敢的探索。这也是《苏格拉底的第二次审判》中，唯一的观众卢勒塔比耶所感受到的震撼："所以，必须像苏格拉底说的，游走。他想告诉我们的是，在生与死之间：成为流浪者吧，定居部落的人们！成为**理念**的流浪者，**真理**的游民吧！如果可能的话。我要去外面看看有没有可能。再见了，定居族！"[1]唯一的观众卢勒塔比耶告别定居，他被苏格拉底第二次审判的戏剧所激活，成为一个复苏的主体，我们或许可以用巴迪欧 2016 年的新书《真正的生活》中的一段话来描述这种被真正戏剧所激活的主体，一个游荡的主体，一个不再宅居，勇于奔向大海，绘制新的航海图的主体：

> 你们的那种主体，永远不可能通过构筑稳固的家园来实现。老房子仅仅是传统，你们经历的游荡是一个新的方向。那么，在你们自己的位置上，有一个新的象征秩序。真正的家园是当思想和行动的冒险让你远离家园，并几乎要忘却家园的时候，你们可以回归的地方。你们所待的家园永远只是一座自愿待在那里的监狱。当生活

1　见本书第 189 页。

中某种重大事情发生，仿佛将你们连根拔起，让你们启程远离故土，走向你们真正的生活。远征是一个观念，你们迷失了方向，但你们走向你们自己，在迷失方向和背井离乡中找到了你们真正的自我，找到全部的人性，创造一个平等主义的象征秩序的阶段。[1]

1 Alain Badiou, *La Vraie Vie;* Paris: Fayard, 2016, p.54.

苏格拉底的第二次审判

Le second procès de Socrate

出场人物

《革命报》编委

保罗，主编

贝阿特丽丝，记者

伊万，记者

玛德琳，记者

凯文·卢勒塔比耶，记者，出席苏格拉底上诉审判的唯一媒体代表及唯一获准旁听者

雅典法院上诉法庭

保罗斯，上诉法庭庭长

贝阿特丽西娅，法官

伊万诺斯，法官

玛格达莱娜，书记员

卡利克勒斯，检察官

警察，负责维持现场秩序，并代表缺席的苏格拉底

被告及其辩护人

苏格拉底(或名为苏格拉底的人)

色诺芬老师,苏格拉底的律师

柏拉图老师,苏格拉底的律师

阿里斯托芬老师,苏格拉底的律师

平民(配角)

奶酪摊小贩,在上诉法庭的门厅

女清洁工,负责打扫审判室

本剧共有十七个角色。如果由扮演记者(除卢勒塔比耶之外)的四位演员同时扮演三位法官和书记员(可如此安排,但并不强制),那么总共需要十三名演员。

文中引号内的段落选自(对原文略有改写)以下作品:色诺芬的《会饮》、《苏格拉底的申辩》、《回忆苏格拉底》,阿里斯托芬的《云》,柏拉图的《苏格拉底的申辩》、《克力同》、《高尔吉亚》,阿兰·巴迪欧的《柏拉图的理想国》。具体出处见该页脚注。

第一幕

第一场

傍晚时分，《革命报》编辑部会议室内。会议主题是拟订第二天报纸的方案。记者伊万和贝阿特丽丝走了进来。他们是最早到的。两人似乎在继续刚才在外面的对话。

伊万　你知道的，不能像这样发展下去了。

贝阿特丽丝　“像这样”，“像这样”！“像这样”是什么意思？

伊万　你知道的。甚至，我可以说，你清楚得很。像这样，意思就是像这样而不是那样。

贝阿特丽丝　那么你能不能告诉我，“那样”是什么意思？跟什么不一样？如果像这样是因为不像那样，好吧，那我贝阿特丽丝如果不知道什么是那样，我也不会知道什么是这样。伊万，我郑重地通知你：从今往后，我们之间必须把一切都说清楚。

伊万　我举双手赞成。从今往后必须像这样而不是那样。

贝阿特丽丝 看到了吧！你还是这样，真可悲！你这是重言式。

伊万 什么式？

贝阿特丽丝 重言式。你说的是我们之间，而我说的是你和我的关系；或者更确切地说是我和你的关系，因为如果我和你的事要指望你的话，就不会有什么进展了，到头来只能指望我。你呢，你就只会说我们的关系应该像这样而不是那样。可是当你说“这样而不是那样”的时候，我要强调你这个“而”字，如果“不是那样”等于“这样”，那么当你说“这样而不是那样”的时候，你就说了两遍同样的东西。而我和你的关系，我们的关系，我们的感情呢，毫无进展。这就是你想要的结果——我们俩在感情上毫无进展。

伊万 这并不是重言式。

贝阿特丽丝 你指什么？

伊万 同样的东西说两遍。同样的东西说两遍不是重言式。

贝阿特丽丝 那是什么？

伊万 是冗余。

贝阿特丽丝 这对于我，对一个女人、一个主体、一个你毫不在乎的主体的感情而言，有什么意义？（*伊万做出抗议的样子。*）没错，没错，你就是毫不在乎……对于我这样一个女人、一个主体而言，我的男人说的话是冗余还是重言式，有什么意义？

伊万 这就是冗余，不是重言式。就算对一个女人的感情而言，这也不是重言式。

贝阿特丽丝 这真是你的风格啊。你总是像这样……

伊万 没错，像这样而不是那样。如果你不介意我说冗余的话。

贝阿特丽丝 你真是典型的大男子主义。就只会嘴上说说，没有一点感情。只会花言巧语，没有一点实在的东西。

伊万 不管我是不是大男子主义，反正冗余不是重言式。

贝阿特丽丝 那好，既然如此，你可以回去随便写篇夺人眼球的文章，就叫“现代情侣感情生活中的冗余和重言式”。我看可以放在头版。准会大卖。

伊万 可我说的是事实！完全是事实！你必须先承认这个事实，如果你希望我们的关系像这样而不是那样的话！用两种不同的方式说同样的东西，这叫冗余。而……而……啊对，而像“一个女人是一个女人”这句话，叫作重言式，典型的重言式。“一个女人就是一个女人”这句话里没有任何冗余的成分。

贝阿特丽丝 一个是女人的女人叫你见鬼去。冗余叫重言式见鬼去。再见。

贝阿特丽丝摔门而出。伊万坐在角落里，陷入沉思。

第二场

同样的地点。伊万正在独自沉思。过了一会儿，保罗和玛德琳走了进来。他们似乎也在继续刚才在外面的对话。

玛德琳（漫不经心地从无精打采的伊万身旁走过） 嗨，伊万。你看起来不太好。（没等伊万回答便转向保罗。）坦白说，我不太明白。亲爱的保罗，有时候我真的搞不懂你。谁会给一个好端端的报纸改名字啊！人人都说：纸媒已经过时了，无药可救了，年轻人都在互联网上。可我们的《革命报》呢，它卖得很好啊！你应该鼓掌欢呼才对！

保罗（对伊万说） 嗨，伊万。你今天脸色不太好。（没等他回答便转向玛德琳。）"革命"这个词已经是老古董了。说真的，就连"解放"这个词都不流行了。"解放"谁，"解放"什么？我问你，老实说，你还经常读《解放报》么？它解放了你什么？而《革命报》就更糟糕了。想想看，就连当今世界正在发生的革命，那些主流媒体都不再单纯地称之为革命。非要加以修饰，加点华丽的东西才行。比如"橙色革命"、"天鹅绒革命"……就连"性革命"都好过简短的革命二字，你一定也这么认为。性革命让人兴奋。

玛德琳 你总不会给我们的报纸取名叫“性”吧！

保罗 不，别开玩笑了！我只是想说，工业革命，互联网革命，还有其他加上符合当今世界现状的形容词的革命，这些都可行。不管是性还是工业还是互联网，这些都是有实际意义的。而单单“革命”两个字就很老套。难道你不觉得吗？

玛德琳 我的观点是，“革命”作为报纸的名字听起来还不错，既严肃又活跃，当然我是说仅仅作为报纸的名字，而不是指杀头的恐怖极权。而且，所有以“tion”结尾的词[1]都很适合作报纸的名字，比如“民族”、“解放”、“行动”、“消息”……甚至教会的报纸也是如此，比如“赐福”、“圣母往见”……

保罗 “洪水”……

玛德琳 你在胡说什么？

1 文后列举的“民族”（La Nation）、“解放”（La Libération）、“行动”（L’Action）、“消息”（L’Information）、“赐福”（La Bénédiction）、“圣母往见”（La Visitation）、“洪水”（L’Inondation）等词，在法语中都是以“tion”结尾的名词。——译注

保罗 一家关于气候变暖、海平面上升和暴风雨的报纸……是家月报……《洪水月报》。这名字真叫人毛骨悚然……

玛德琳 你在嘲笑我。

保罗 有那么一点吧。不过“革命”真的很老套，尤其是不加修饰词的“革命”。更何况苏格拉底早就说过，所以这并不是什么新鲜词。

玛德琳 你每次苦恼时都会引用苏格拉底。

保罗 可他的确说过！这的确是他的话，我的哲学老师经常提起。苏格拉底说：“革命是**理念**演变为暴力。改革则更为高级，改革是暴力演变为**理念**。”说得太好了！

玛德琳（表示怀疑） 苏格拉底真的这样说过？

保罗 当然！太了不起了！“改革是暴力演变为**理念**！”我们每天都能碰到这样的事。你看如今的那些政治家们。一旦他们有一点想法，立刻开始行动！这就是一种改革啊，继续推进！就算这个想法微乎其微也没关系。比如，当他们发现狗粪污染人行道，嗬！狗粪就是与行人作对的暴力！只要有这么一个很小的想法，立马就可以演变为一项有关垃圾回收法的改革。苏格拉底太了不起了，他发现真正有用的是改革，而不是革命。

玛德琳 好吧，那就给我们报纸取名叫“改革”[1]。

保罗 不合适。人们会以为它是新教的玩意儿。

玛德琳 你永远都不满意。

保罗 就像苏格拉底一样！他说自己宁愿做一个不满足的人，也不愿做一头幸福的猪。

玛德琳 原来你之所以想给报纸改名字，是因为你不是一头猪。

保罗 或许我是一头不满足的猪吧！

二人大笑。

1 “改革”（réformation）同样是以“tion”结尾的名词。——译注

第三场

同样的地点。贝阿特丽丝回到会议室，她从伊万身边经过，看都没看他一眼。

贝阿特丽丝(对保罗说)　会议不是现在开始吗? 时间不多了！

保罗　是的, 是的, 现在开始。凯文去哪了? 他又去哪儿瞎混了?

贝阿特丽丝　我刚碰见过他, 他跟我说雅典传来一个十万火急的消息, 然后就不知去向了。

玛德琳(对保罗说)　这是苏格拉底要跟你搞改革啦。

贝阿特丽丝　所以我们可以开始了吗? 苏格拉底早已入土为安, 而我们还有一整份报纸要构思。

保罗　好, 开始吧。(所有人围着桌子坐下，保罗的座位明显是主座。他立刻转换成庄重威严的语气，手中翻阅着资料和笔记。)关于明天的头版, 我们有四个标题可选, 分别是(他戴上眼镜，翻看笔记):第一个，桑给巴尔附近海域有一艘货轮沉没，燃油泄漏严重;环科西嘉岛轮滑赛即将落幕，伴随几起民族主义游行引发的暴力事件;澳大利亚普选;新款平板电脑“即见即知”(T’as vu T’as su)上市。

玛德琳 “即见即知”(Tavutazu)？这是日语吗？

贝阿特丽丝 你太落伍啦，亲爱的！这是法国家喻户晓的电子产品！意思是，“只要你见识过，指这款平板电脑，你就知道了，潜台词是你能知道你想知道的一切”。

玛德琳 说真的，这将是史上最差劲的头版！科西嘉轮滑赛？你们能想象读者的反应吗？“即见即知”？这纯粹是个广告。澳大利亚……你们知道Labour Party(做作的英语发音)的候选人是怎么说的吗？他说澳大利亚就是世界的屁眼。还有桑给巴尔燃油泄漏，那地方也太远了吧，那是黑人的地盘，没人知道在哪，也没人会在乎。你们觉得“即见即知桑给人在世界的屁眼玩轮滑”这种头版怎么样？

玛德琳正说着，凯文·卢勒塔比耶悄悄走进来，倚在门上看着大家。

保罗 所以你有什么提议？你的贬低、批判、反驳都很精彩。可是接下来，我们该何去何从？正如苏格拉底所说：“拒绝只有在知道自己要接受什么时才有意义。”

伊万（惊讶地说） 苏格拉底说过这句话？

贝阿特丽丝 苏格拉底说的话也不全是对的。古代人的生活跟现代不一样，他们大多是粗鄙的乡下人。你去看看他们怎么对待女人的就知道了。

保罗 在这点上，你言重了。那个时代有一位或许是历史上最伟大的女诗人——萨福。还有一位天才女数学家——希帕蒂亚。基督徒、犹太人和穆斯林，他们各自的神都是一位上了年纪、留着胡子的男性。而希腊人信奉的神却有许多是女性，比如轻浮的维纳斯、哲学女神雅典娜，还有家庭妇女朱诺和讨人厌的少女狄安娜。在女权主义这个问题上，古代人可以跟现代人相提并论。

伊万 女权主义方面还有待讨论。不过在逻辑学方面，苏格拉底也失手过。比如他曾说：“我唯一知道的就是我一无所知。”可是如果他真的一无所知的话——他所说的一无所知也就是虚无，对吧——那么他也无法知道自己一无所知。因此，他一定误以为自己有所知。他所说的只知道自己一无所知的逻辑是讲不通的。

贝阿特丽丝 嘿，小伙子！时间在流逝！我们总不能把苏格拉底、希腊女神、古代逻辑学放在头版吧。这太不现实了。

第四场

卢勒塔比耶（突然愁容满面地走到众人面前） 恰恰相反。这就是现实。甚至可以说，这是最迫在眉睫的现实。一分钟都不能耽搁。我们手上有一根火柴，可以随时点燃希腊之火。

所有人都震惊了。短暂的沉默之后，各种声音此起彼伏：“什么？”“哪来的消息？”“这可真是卢勒塔比耶的作风啊！”“怎么回事？”，等等。最后，保罗的声音结束了喧闹声。

保罗 你在说什么，凯文·卢勒塔比耶先生？你就像刚从前线回来的战士告诉我们一场从未听说的战争。

卢勒塔比耶（语气越来越忧虑和急切） 这是从雅典得到的一手消息，绝对可靠。苏格拉底的上诉审判将在三天后进行，禁止旁听。并且，直到第一次开庭前都将保密。

大家都震惊得说不出话来。

保罗 亲爱的卢勒塔比耶，我们在讨论明天的报纸内容，现在不是捉弄我们的时候。你可能不知道——虽然你也是《革命报》的记者之一——我们正在工作。

伊万 苏格拉底之死也许是整个人类文明史上最著名的死亡了！苏格拉底是最著名的死人！你真的爆错料了。

卢勒塔比耶 后天，我敢肯定是后天，很可能所有人，我敢肯定是所有人、全世界都会知道苏格拉底的第二次审判即将举行。我提前四十八个小时得知了一个惊天大新闻，而你们居然不愿意把它放在头版？难道你们希望我把消息卖给《纽约时报》？

贝阿特丽丝 慢着，慢着，凯文。有件事别忘了。苏格拉底已经死了两千五百年，你和我们一样都知道这个事实。而你却说他要接受审判？这太疯狂了！

卢勒塔比耶 我的消息是真的，千真万确，绝对可靠。苏格拉底没有死，而且他将再次接受审判。

玛德琳 得了吧！我们可不是傻瓜！苏格拉底是最确定无疑的死人。除了耶稣，关于苏格拉底之死的记述比任何人的都要多，至今仍然层出不穷。

保罗 这件事有目共睹，卢勒塔比耶先生。耶稣在十字架上并没有留下太多遗言，苏格拉底则相反，在饮鸩自尽之前，他发表了一大段言论，说是长篇大论也不为过。濒死之际，他谈到了自己的死。他甚至还这么说过："我要双脚站立在你们面前喝下这毒药，这样你们就可以告诉世人，苏格拉底是站着死去的。"

贝阿特丽丝（表示怀疑） 苏格拉底是这么说的吗？

卢勒塔比耶 当然不是。审判结束后，他立刻被送回了秘密监狱，并且一直待在那里没有出来过。

玛德琳 凯文！你知道我很喜欢你，我甚至向你证明过。

保罗（很不高兴） 怎么证明的？

玛德琳 这不是重点。我想告诉凯文的是：你自己心里也清楚，你所说的这些不可能发生。所以，我很认真地问你：你这是唱的哪一出？

卢勒塔比耶 我只是把我知道的告诉你们。苏格拉底三天后接受上诉审判。他没有死。

伊万 可这不合逻辑！就算是苏格拉底也不可能既是死人又是活人！总要遵循不矛盾律吧！

保罗 那么您要如何解释他还活着这件完全不可能的事呢，卢勒塔比耶先生?

卢勒塔比耶 苏格拉底没有死，原因很简单，法律不允许他死。

贝阿特丽丝 不允许他死？这是什么意思?

卢勒塔比耶 我想你们都知道，审判结束后，苏格拉底的那些位高权重的朋友们曾劝他逃亡，但他拒绝了。柏拉图在他的对话集《克力同》中记录了事情原委。苏格拉底的话无比庄严和崇高，大致如下：我遵守我的城邦的法律，即便它对我的判决不公。我会喝下这致命的毒芹汁。不过有件事柏拉图没提，那就是，苏格拉底在这人性最脆弱的时刻，也曾同意上诉。而古希腊的法律规定，被判死刑的人一旦提出上诉，就不能在二审之前也就是上诉审判之前死亡。原因很简单:在两次审判之间死去实际上就是对上诉法庭的蔑视,因为这样一来上诉法庭就形同虚设了。你们明白了吗?苏格拉底曾发誓要遵守城邦的一切法律,因此从法律角度来说他不可以死。

保罗(用挖苦的语气说) 他一口气撑了两千五百年?不可思议!你让我无话可说。

卢勒塔比耶 对苏格拉底或康德这样的人而言,尊重法则——包括城邦的法律和道德准则——永远比本性中一般的义务更重要。一开始苏格拉底认为,在道义上他必须死。但发生上诉这件事之后,他陷入了两难,因为在道义上他又不可以死了。

长久的沉默。

贝阿特丽丝 我还是觉得你说的这段站着死去的故事有点奇怪。为什么上诉审判拖了两千五百年?我知道司法部门效率不高,但这也太慢了!不仅慢,简直是停滞了数千年。

卢勒塔比耶　关于这一点，我的情报来源说他不能告诉我全部。但这个问题似乎会在法庭上详细探讨，因为律师们会提出诉讼时效的问题。

保罗　希望如此！已经两千多年过去了！

伊万　除非法官们认为苏格拉底犯下了反人类的罪行。这个罪名是不受时效限制的。

保罗　我没看出我们的苏格拉底到底犯了什么反人类的罪！

伊万　很简单，他的罪行就是在时间和空间上向全人类掀起了一场无法抑制的不正之风——哲学瘟疫。

玛德琳　哲学又不是艾滋病毒！

伊万　我可没这么说。不过伟大的尼采曾指出，“哲学家罪大恶极”，他们应该被枪毙。这还有待讨论。有人说苏格拉底是个大坏蛋，也有人说不是。但总的来说，许多希腊人都认为他确实是大坏蛋。

卢勒塔比耶　会有答案的。言归正传，律师们一定会确认诉讼时效，因为苏格拉底尽管在现实中存活了数千年，但在司法意义上已经死了，他不能再接受审判。而且还有一个更重要的原因，所有当时了解真相的证人都已长埋地下数千年。没有这些证人，审判就无法进行，律师们一定会这么说。我向你们发誓，我的消息绝对可靠。

保罗 好吧。听我说，听仔细了，凯文·卢勒塔比耶。你马上坐最近的一班飞机去雅典。然后立刻去现场调查清楚，动用一切资源，尤其是你的消息来源。我们这边负责标题和初稿以及其他相关事宜。你最迟明天凌晨五点告诉我们，苏格拉底这条独家新闻可不可以登。但我要事先警告你，如果明天五点你告诉我们你的消息全是假的，或者情况更糟糕——我们在明天的《革命报》出版之后才发现这一切都是胡编乱造，那么你最好下半辈子都躲在雅典的下水道里别出来。

伊万 那里没有这个。

保罗 什么？

伊万　下水道，雅典没有，那可不是在罗马。罗马有庞大的下水道系统，是因为有帝王。但在雅典，因为民主，所以两千五百年前没有下水道。我是说像我们现在这样的下水道。

贝阿特丽丝　我们讨论的是活在现代的凯文，而不是没有任何现代之物的古代。

伊万　根据凯文的内部消息，现在就是过去。现代就是古代。既然苏格拉底还活着，那么苏格拉底所生活的整个雅典、整个希腊也依然存在。而现代的下水道，那里是没有的。

保罗　那就让他在帕特农神庙的茅房里待着吧。

伊万　那里没有。至少没有自动冲水、提供厕纸的厕所。

玛德琳　不会吧！那可是帕特农神庙！有成千上万的游客！一定有厕所。

伊万（一本正经地说）　别开玩笑了！在古雅典，帕特农神庙可不是供游客参观的地方。那是一座属于神的圣殿，神圣不可侵犯。不但殿内禁止大小便，方圆五百米之内都不可以。

保罗（愤怒地说）　够了，伊万！省省你这些关于古希腊的废话吧，我不想听。就让卢勒塔比耶先生在雅典随便找个地洞钻进去。如果关于苏格拉底这件事全是笑话，卢勒塔比耶，我会要了你的命。

玛德琳　头版的标题叫什么好呢？“苏格拉底——活着的死人”？

贝阿特丽丝　可以效仿电影名：复活者苏格拉底。

玛德琳　或者换种风格：苏格拉底向《革命报》透露：从道义上说，我不可能死第二次。

保罗　不行，不行，这些都不行。应该朴实一点，朋友们。在新闻界，越是荒诞不经的新闻，越是要朴实地报道。苏格拉底本人也说过：当你宣布一件骇人听闻或难以置信的事，要如夏夜般平静。

卢勒塔比耶　苏格拉底这么说过?

贝阿特丽丝　没人关心这个活死人说了什么。我们正忙得不可开交，明天之前就得确定标题。

保罗　这个标题必须是中立的，纯叙述、无修饰，只包含简要信息。顶多有一点补充解释。就像这样，大家记一下：古希腊著名哲学家苏格拉底的第二次审判将于后天在雅典举行，其本人将出席。

卢勒塔比耶（大失所望地说）　这标题也太平淡了！

保罗（愤怒地说）　你还没有上飞机吗，卢勒塔比耶？跑起来，老兄，快跑——

伊万　我们会找你算账——

玛德琳　如果你说的一切都是吹牛。

卢勒塔比耶飞也似的跑了。

保罗（一本正经地说）　亲爱的朋友们，我们已经赌上了整个记者生涯。正如苏格拉底所说：人类可以被定义为世界上唯一会遭遇飞来横祸的没有羽毛的两足动物。

玛德琳、伊万、贝阿特丽丝（三人都十分震惊地说） 苏格拉底这么说过？

幕落。

第二幕

雅典上诉法庭气派而破旧的门厅内。门厅尽头是巨大的楼梯，门厅两侧有几扇门。本场戏只有或者说几乎只有奶酪小贩和卢勒塔比耶两个角色。幕启时，雅典的天空刚刚拂晓，台上只有正在摆摊的奶酪小贩一人。

奶酪小贩（面向观众说）　你们不能相信自己的眼睛了吧，嗯？你们在想：这家伙出现在这么严肃的一部戏里是怎么回事？而且在一个最最正式的地方——雅典上诉法庭的门厅。好吧，让我来告诉你们，我没什么好隐瞒的，我站在这个舞台上，所有人都看得见，所有人都看得出我是卖奶酪的。于是所有人都相信我是卖奶酪的。因为在看戏时，眼见为实。人们在看戏时很容易被骗。他们因为看见而相信，但是，他们所相信的东西，实际上，是另外一回事。这就是戏剧，此刻正在对你们说话的是卖奶酪的小贩。你们看到一块巨大的荷兰干酪，于是你们相信，在这部戏中，它就是一块荷兰干酪。甚至还可以写上“荷兰干酪”四个大字，大到最后一排的那个小伙子都能看得见，他看见了，于是他相信。但之后在这部戏的另外一个场景中，你们会发现什么？你们猜，你们会发现什么？哎呀，这是冈塔尔啊，不是荷兰干酪。你们被骗了。可这个时候依然不能下定论！因为我——我这个卖奶酪的，反正你们看到的我是卖奶酪的，所以你们这样相信——要告诉你们，我要清清楚楚地告诉你们：如果你们看见和相信的荷兰干酪可以被发现是冈塔尔，那么同样，你们看见和相信的冈塔尔也可以是罗克福或蒙斯特。更有意思的是，这块冈塔尔很有可能就是荷兰干酪。在看戏时，人们看到荷兰干酪其实是冈塔尔，于是就这样相信了，可实际上，它就是一块荷兰干酪，只不过在某个场景中被伪装成了冈塔尔，如果它不是罗克福或蒙斯特的话。总而言之，在看戏时，人们看到什么就相信什么。人们被骗，并不是因为一件东西不是它本身，并不是因为荷兰干酪其实是冈塔尔，而是因为相信，尽管他们只凭看见就相信了。看戏时一旦相信就会沉迷其中。所以，当你们看到我是奶酪小贩时，一定要当心。不要相信，仅限于看见。说不定明天我就会去卖洋葱或者成了做女装的裁缝。甚至还可能变成消防员，因为我一直想做消防员。

或许在戏剧里，奶酪小贩这个角色比消防员的效果更好。另外，当我们说奶酪小贩，加定冠词的奶酪小贩（le vendeur de fromages）时，概念是模糊的。让我从各位的个人利益角度来谈一谈，好让你们即使相信也不会沉迷其中。（语调较平和。）在现实世界中我们有奶酪小贩们（des vendeurs de fromages），必要时还会说一个奶酪小贩（un vendeur de fromages），但从来没有加定冠词的奶酪小贩。因为加定冠词的奶酪小贩可以说是一种**理念**，一个永恒的模范，他跟其他奶酪小贩不同，他卖的不是随随便便的一块卡门贝，而是永恒不变地售卖同样永恒不变的、本质意义上的奶酪，像高高在上的蓝天一样永恒。（更加平和。）大家知道吗？这里的上诉法庭有位律师，叫柏拉图老师。他每次经过都会十分亲切甚至热情地对我说："嘿，奶酪（加定冠词）卖得怎么样了？"于是我微笑着回答："老师，我卖的是各种奶酪（des fromages），它们各不相同。"接着他反驳我说："但它们都是奶酪啊，不是吗？"于是我也反驳他说："没错，这些都是奶酪，可是柏拉图老师，您自己买我奶酪的时候也说过，相比荷兰干酪您更喜欢冈塔尔，这么一来就有很大不同了！”这时，柏拉图老师张开双臂，展开他那黑色律师袍的袖子，看起来就像一只巨大的乌鸦，他对我说：“所以就奶酪而言，‘相同’的也可以不同，因为它不是另一种奶酪，而是‘另一种’奶酪。‘相同’与‘不同’是同样的东西。”还没等我回答，他便冷笑着匆匆离开，迅速爬上楼梯。柏拉图老师是楼梯之王。他上楼梯时会超越所有人。奇怪的是，他下楼梯却非常慢。或许他会停在半路，或许他永远不会到下面去吧。我常常跟另外一位在我这儿买奶酪的律师谈起这件事，他叫色诺芬。色诺芬老师是个很温和的人，不过他太啰嗦了，虽然我也很温和，但很多时候也不得不打断他。我是说打断他的话，别误会。为了打断他，我会这样说：“色诺芬老师，我得回去卖奶酪了。”我给大家复述下我和色诺芬老师在戏外的对话。其实这场对话持续了四十五分钟。但演戏时必须尊重观众，因为观众相信他们看到和听到的一切，我决定用四十五秒的时间复述完我和色诺芬老师的对话，他刚在我这儿买了块里科塔。我对他说：“您的同事柏拉图上楼梯很快，下楼梯却很慢。就像一部单向电梯！”你们猜色诺芬老师怎么回答？他说:“这是苏格拉底教的，我的好伙计。向上爬是很难的，能够有机会爬上去的人都不愿意再下来。”于是我问:“那他为什么不留在上面呢？”色诺芬老师听后发出了“咯咯”的笑声，说:“在上面会感到无聊，在下面才有意思。”我一直没明白他的意思，因为我一直在下面，正如你们所见，但我不明白这里有什么意思。

我更想到上面去卖奶酪。但有人跟我说过，上面没有卖奶酪的地方，那里只有走廊和办公室。然后我又想，我要是在上面，你们、观众们就看不到我了。既然眼见为实，那么如果你们看不到我做奶酪小贩，就不会再相信我是奶酪小贩。那我会是什么呢，嗯？也不会是消防员，因为在正常情况下，消防员也是在下面的。当他们在上面、在消防梯上时，就说明发生火灾了，这是任何人都不愿看到的。好吧，虽然我对你们说了这么多，但我的角色是卖奶酪的，是(再次兴奋了起来)加定冠词的奶酪小贩，从小贩的纯**理念**的晴朗天空，降落到剧院舞台，带着我那永不变质的奶酪，从而被看见然后被相信。请相信我，并保持沉默！

他继续摆摊。此时太阳升起，法院的门厅在阳光的照射下显得更加明亮。卢勒塔比耶走了进来。

卢勒塔比耶 这里连个人影都没有。（看到奶酪小贩。）打扰一下，先生，您确定这里将举行苏格拉底的第二次审判吗？

奶酪小贩 您说的没错。

卢勒塔比耶 可我什么也没看到！

奶酪小贩 您相信我是一个奶酪小贩，因为您看到我是一个奶酪小贩。但事实上，我是一名演员，我正在扮演奶酪小贩这个小角色，在一个名叫巴迪欧的人写的剧本里，这部剧叫作“苏格拉底的第二次审判”。而您和我一样，也在这舞台上，所以您正在苏格拉底的第二次审判中，这位不知贵姓的先生……

卢勒塔比耶 卢勒塔比耶。凯文·卢勒塔比耶。不过凯文这个名字太蠢了。

奶酪小贩 卢勒塔比耶！我的天哪！您在这部剧里是个重要角色！只有您在六幕戏中都有戏份！您拿多少报酬？

卢勒塔比耶 这个问题很莽撞。还有，请您让我相信我所看到的，可以吗？在这里，您是法院门厅前的奶酪小贩，而不是剧院的临时演员。

奶酪小贩 您别生气。我不说了。至于苏格拉底的审判，我只是从几个爱吃奶酪的律师那里听到些风声。好像就快开始了。（狡黠地说。）我说的是真正的苏格拉底的审判，不是剧本。

卢勒塔比耶（威胁说） 很好。您知道的就这么多？

奶酪小贩 一会儿会有人来，他们知道的可能比我多。您不想来一小块冈塔尔吗？

卢勒塔比耶 来一点，我快饿死了。而且我害怕得要命。我是记者——

奶酪小贩 我知道，您是这部剧的主角之一——

卢勒塔比耶（暴躁地说） 又来了！我要把你扔出去！

奶酪小贩（低声下气地说） 抱歉，我保证这是最后一次。所以您究竟遇到什么事了，先生？

他切了一大块冈塔尔递给卢勒塔比耶。

卢勒塔比耶（边吃奶酪边说） 我在一家名叫"革命报"的法国报纸工作。今天早上5点左右，我斩钉截铁地跟同事们说，苏格拉底的第二次审判将会在明天或后天开庭，但实话跟您说，这件事我压根儿就没底。我花了一整夜的时间跑遍了整座雅典城，没找到任何一个能够给我肯定答案的人。您想想！如果这个审判没有举行，如果他们发现苏格拉底其实已经死去数千年，我就彻底完蛋了，我的记者生涯将到此为止！

奶酪小贩 别害怕！静下心来在这里等一会儿。最可靠的办法就是找卡利克勒斯检察官或和蔼可亲的色诺芬老师打听打听。他们每天早上都到这儿来。您向他们说说您的情况。卡利克勒斯检察官很喜欢记者。因为每当报纸里面写到他，他都会，请原谅我这么形容，他都会兴奋地达到高潮。而如果他上了电视，这很少见，基本上不会发生，那么这位卡利克勒斯检察官就会特地到我这儿买奶酪，用小狗般水汪汪的眼睛盯着我，就为了问我有没有在电视上看到他。因为他非常喜欢老百姓在电视上看到他。所以您想想看，卢勒塔比耶先生，对您这样一位法国来的记者，他一定会很随和的。

卢勒塔比耶　问题是，我的那家报纸叫“革命报”。卡利克勒斯一定会对我有戒心！检察官都不喜欢“革命”这个词。要知道，我们本来是一家极其反动的报纸。但我们写的东西没有一丁点儿出格的内容。它诞生于四十年前巴黎街头动乱时，于是顺理成章地被取名为“革命报”。如今，这个名字真像镣铐一样束缚我们，在这个不会有任何出格之事的新时代。

奶酪小贩　您不说我也知道！幸好现如今从某方面来说，不过仅仅是在某方面，在其他情况下是不可能的，所有出格的东西都行不通，出格就等于出局。来吧，鼓起勇气！告诉卡利克勒斯先生您的报纸叫“对话”。他会很随和的，一定会。

卢勒塔比耶（疲惫地说） 但愿如此。

奶酪小贩摆好了摊。卢勒塔比耶瘫坐在一张看起来并不舒服的扶手椅上昏昏欲睡，一副萎靡不振的样子。就这样过了一段时间，无事发生。此处可插入一段主旋律，并在之后场景中重复播放。（比如肖邦《第四叙事曲》选段，如条件允许，可由一位钢琴演奏者在舞台某处演奏，并由他与导演共同选择合适的选段，分别插入第二幕到第五幕的不同场景中。）随后，色诺芬老师从其中一个侧门进来，径直走向奶酪摊，看起来是个有些发福的中年男人。他和小贩交谈了几句（观众席听不到他们的谈话声）。接着，小贩指了指坐在大厅另一边的卢勒塔比耶。色诺芬向他走去。

色诺芬 是卢勒塔比耶先生吗？幸会。卢勒塔比耶先生——

卢勒塔比耶（睡眼惺忪地说） 抱歉，您说什么？您是哪位？

色诺芬 我是色诺芬老师。我们共同的朋友(指了指小贩)说您遇到了麻烦。我向来乐意帮助那些遇到麻烦的人。在我很小的时候，我底比斯的姨婆对我说:“我的小色诺芬啊，当你看到别人有烦恼时，记得一定要关心他，就算你觉得他的烦恼微不足道。”于是我满怀对所有智慧的老奶奶的崇敬之情对她说——

卢勒塔比耶(在半梦半醒间，语气有些粗暴地说) 什么？我为什么要操心老奶奶的事？这里是底比斯？我搭错飞机了？

色诺芬(一脸诧异地说) 可我听说……您……是记者……苏格拉底的审判……我还以为……

卢勒塔比耶 啊，见鬼！当然！我是记者！苏格拉底的审判！您有内部消息吗？您都知道吗？

色诺芬 一个人是否知道全部他所知道的事，这是个很难回答的问题。而关于这一点我也不敢说有十足的把握，因为任何东西都不是绝对的，甚至连绝对本身都不绝对。我在《回忆苏格拉底》中用了三卷的篇幅阐述了苏格拉底对这一点的看法，苏格拉底是我的老师，您知道吗，尽管我们几乎算不上认识，或者说基本上不认识，虽然也不是完全不认识，另外——

卢勒塔比耶 我相信您，我相信。那么苏格拉底的第二次审判也就是上诉审判何时开始？怎样进行？

色诺芬 您知道吗，“何时”与“怎样”是两个截然不同的问题。我听说——这并不意味着我对苏格拉底的了解全都来源于道听途说，不不不，我们有过直接的交流，就算不是直接的，至少也是通过一些直接的中介——我的老师苏格拉底在某次谈话中说，几乎可以肯定是对他直接对话的人说：“如果一个人有能力使城邦中所有仰仗他的人都感到快乐，那么他完全有理由为这种技艺感到骄傲，不是吗？”[1]

卢勒塔比耶（目瞪口呆） 啊？是吗？呃……这跟何时、怎样有什么联系？

---

1 色诺芬，《会饮》，60。

色诺芬（很得意） 啊，您没看出来吗？您让我松了一口气，真是如释重负啊！因为我自己也没看出苏格拉底这句话与何时、怎样之间有什么样的联系。我知道这其中必有联系，但我看不出是什么。并且这种状态持续了很久！两千多年来，我始终没有看出这种联系是什么。

卢勒塔比耶（重新打起了精神） 那太好了，太好了，别再讨论这个了。就让何时与怎样的联系永远留在未知中吧。亲爱的色诺芬老师，您对您的委托人苏格拉底的审判有多少了解呢？

色诺芬（突然变得惊慌而捉摸不透） 天哪！我的老天！见鬼！哎呀呀！该死！我公务繁忙，先生，快忙死了。请容我先走一步！

色诺芬老师撩起他的律师袍，走向楼梯，然后以最快的速度爬了上去。

奶酪小贩（对目瞪口呆的卢勒塔比耶说） 这是我第一次，真的是第一次看见色诺芬上楼梯比柏拉图还快。或许他下来的时候会比柏拉图更慢？果真如此的话，那真是太稀奇了！

卢勒塔比耶 这里的律师都这样吗？

奶酪小贩 您马上就会知道——柏拉图老师本人来了。

柏拉图从另外一个侧门（与色诺芬进来的门相对）进来，径直走向卢勒塔比耶，手中捧着一摞厚厚的文件。

柏拉图 自我介绍一下，我是柏拉图老师，人类历史上最伟大的哲学家，不带一点夸张成分。我知道您是凯文·卢勒塔比耶，法国《革命报》的记者，诚挚地向您问好。您的上司保罗派您来这里，而您此时心急如焚，因为您尚未确定苏格拉底的第二次审判是否会在后天开庭，您甚至不知道它究竟会不会举行。我的同事色诺芬不愿向您透露一个字，对吧？所以，您认为我们——苏格拉底的律师们个个都是傻瓜。不过我可以告诉您两个对您有用的信息，尊敬的卢勒塔比耶先生。第一，我的老师苏格拉底的上诉审判将在后天也就是周六上午九点开庭。第二，您将作为全球唯一获准的媒体代表出席旁听。由于观众席唯一的席位已被媒体占据(它的职责是监督这场审判是否尊重人权),您将独自充当观众。关于您目前这种非常情况,我也考虑了很多。我想您听到这些消息基本上会很满意,但也会有一些失望,因为这周日您约了美丽的女同事玛德琳,你们很有可能一同享受鱼水之欢。然而,您显然不得不密切关注这场审判直到结束,这可能要持续至少三天。不过我可以断定您这次会履行记者的职责,毕竟这是一条重量级的独家新闻。我要恭喜您,尽管这条独家新闻颇为重要,但您抑制性冲动的内在需要因此大大降低甚至消失了。

卢勒塔比耶(不知所措)　还是要谢谢您,万分感谢,我不知该如何感激您。这些情报太关键了。谢谢,谢谢,谢谢您,柏拉图老师。可您是如何知道这一切的?我的私生活!我的职业前途!甚至还有我的性冲动!难道您会占卜?

柏拉图　请别污辱我,尊敬的卢勒塔比耶先生!一位哲学家,一位伟大的、像我这样伟大的、史上最伟大的哲学家,绝不可能是也永远不会是江湖骗子。请不要把我和诡辩家混为一谈。要知道，个人经验以及生活的无聊细节在当今时代都可以轻松获知。只需要这些(他用下巴指了指手中的资料)，这些被悉心保管的资料即可。有了互联网，我们可以了解任何人的任何事。而最难的是对这些资料进行整理，可人们做到了。甚至美国警方都能做到，不过他们是通过互联网和电话密切监视着三十几亿人的私生活。我说的都是事实。然而这也说明个人经验及私生活没有任何价值。即便是在法庭上。咱们说说高等数学吧！这就截然不同了。这也是为什么在当今时代，我会建议身边的年轻律师们花十几年时间去钻研代数、几何。如果他们照做，那么只要借助一些整理好的资料，他们就能打赢任何一场官司。我承认很难说服他们相信这一点。可是与真正的**理念**有关的事，哪一件是容易的呢？好啦，卢勒塔比耶先生，欢迎来雅典！我们法庭上再见。

柏拉图说完便走开了，他以惊人的速度爬上尽头的楼梯，尽管手里抱着沉甸甸的文件。

奶酪小贩（边摇头边说） 原来我错了。虽然柏拉图上楼梯时看起来沉着冷静、轻松自如，他还是比色诺芬更快。色诺芬刚才仓皇而逃的样子简直像见了鬼。（又是一段沉默，主旋律再次响起。卢勒塔比耶焦躁不安，他走来走去，一会儿打开这扇门，一会儿打开那扇门……突然，阿里斯托芬老师从楼梯下来，一边吹着口哨，一边手舞足蹈。他的头发很长，穿着一件刚好长至膝盖的奇怪的律师袍。奶酪小贩小声对卢勒塔比耶说）这是阿里斯托芬老师。当心，他是个怪人。

阿里斯托芬（在卢勒塔比耶面前突然停下） 我有幸遇到的这位先生您贵姓？或许是不幸遇到，因为您一副厌倦生活的样子。您会回答我："您呢，我有幸遇到的这位先生您贵姓？"然后我说："您贵姓？"然后您说："您贵姓？"我说："贵姓？"您说："贵姓？"而这个卖奶酪的傻瓜听到"贵姓贵姓贵姓"，还以为是一只老猫头鹰在法院的屋顶筑巢呢。

卢勒塔比耶（摸不着头脑） 我是……我来自……昨晚……《革命报》……

阿里斯托芬 革命！终于！革命，这是仅有的好东西了。只要它给我蒜香鸭，还有一丝不挂的姑娘。还没自我介绍：我是阿里斯托芬，古典喜剧作家，兼苏格拉底的现代律师。"为了成为古代最伟大的诗人，我不歌颂我的长发，只是喜欢留长罢了。我并不想用不同色彩反复描绘同一主题来欺骗你们。而是始终以独特的手法将不一样的故事搬上舞台，在这里人们看见并相信。这些故事一个比一个巧妙，前无古人，后无来者。"[1]现在我要吃块大奶酪，毕竟准备辩词并非易事。辩词是很难准备的。（他走向奶酪小贩。）卑鄙的商人，来一块免费的软卡门贝。

奶酪小贩 为什么免费，阿里斯托芬老师？

阿里斯托芬 就算不免费，至少给我六个月期限，等我拿到律师工资。

阿里斯托芬 六个月！就为了一块奶酪！您在开玩笑吧！

阿里斯托芬 我的职业就是个玩笑，我不开玩笑也不开别的。

---

1 阿里斯托芬，《云》，545。

给我一块软卡门贝。一块可以赊账的卡门贝，听懂了吗？[1] 白痴脑袋！所有的软卡门贝都给我赊账。（说完他便走了，不再关心他的卡门贝奶酪，而是转向卢勒塔比耶。）您看见了吗？嗯？我用了赊账买卡门贝的谐音！这种文字游戏太蠢了！又过时又愚蠢，就像一个快退休的老妓女。我喜欢对他这样的傻瓜玩过时的文字游戏。不过，您在这儿做什么？

卢勒塔比耶（态度粗暴地说） 苏格拉底的审判何时开始？真的是后天？

阿里斯托芬（一把抓住卢勒塔比耶，后者没能挣脱，阿里斯托芬将手放在卢勒塔比耶的裆部） 啊！温柔的卢勒塔比耶先生蛋蛋可真圆啊！[2]你也是苏格拉底那个疯子的拥护者吧！（他放开卢勒塔比耶，趾高气扬地站在舞台前端，面向观众。）苏格拉底！朋友们！我多么爱他啊，甚至在那

1 此处运用了谐音的文字游戏，camembert coulant（软卡门贝）和 camembert coût lent（字面意思为“慢慢付清的卡门贝”）发音相同。——译注

2 原文为“Doux Rouletabille aux billes si bien roulées！”。卢勒塔比耶的名字法语是“Rouletabille”，可拆分为“roule”、“ta”、“bille”三个词，分别意为“圆润”、“你的”、“小球”。此处为文字游戏。——译注

部著名的喜剧《云》里，我还把他塑造成了一个脏兮兮的狂妄自大的流浪汉呢！他的那些巧言妙语我记得可清楚咧！他对我说过那么精彩的一大段话！就像这样（戏仿苏格拉底）："我乘着吊篮，像小鸟一样悬在空中，在这漂浮的智慧之巢中，我得以徜徉于天际，凝望太阳！哦！亲爱的观众，你们的一个铜板就是我的全部收入。如果我不将思绪悬于空中，不将细微的思想混入同样细微的氧气中，我就永远无法准确分辨出细微的真理之子！如果我待在地上观察天空，就永远不会有新发现。因为大地一定会吸干我思想的乳汁，就像吸干生菜的汁液那样。"[1]

卢勒塔比耶（不知所措） 您在说什么？苏格拉底被思想吸干了生菜里的汁液？我没听错吧？

阿里斯托芬 忽略吧。假装这些让您惊讶的谜语是由您编造的。在戏剧里，忽略和假装都是司空见惯的事。最后我还可以像个固执的警察再问一遍："您在这儿做什么？"

1 阿里斯托芬，《云》，230。

卢勒塔比耶 我想知道苏格拉底的第二次审判何时开始。

阿里斯托芬 后天早上九点，不过我要申请延期。因为我还没准备好。对于这样一个历史性的审判，要想打一场漂亮的官司，两千年太短了。必须延期，好让我们准备辩护词。我要申请推迟一千年。好了，不能再浪费时间了。对我这样的化石级人物来说，一千年就是一眨眼的事！再见，圆蛋先生。（他迈着沉稳而矫健的步伐走上楼梯，大声地唱着一首自创的小曲儿，歌词如下）

“我爱厄运
我爱一切不幸
正义很苦涩
诡辩家是胜利者”[1]

奶酪小贩 棒极了！我也该收摊了。

全场灯光变暗，渐渐熄灭，只剩下舞台中央的一束光打在卢勒塔比耶身上，他正在通电话。

---

1 阿里斯托芬，《云》，1305。

卢勒塔比耶 对，后天，就是后天，确定了，是律师亲口告诉我的……好的，同意，完全……苏格拉底？没有，好像没人见过他……被告缺席审判？不不不，他会到场的。你不相信……可我知道你们已经写好新闻了，我敢肯定……！但是在开庭之前我无法获知所有细节……听我说，保罗，拭目以待吧。你真是让我烦透了。（*他气愤地挂断电话，转向观众。*）在场的亲爱的雅典人，请注意：一切来自上天的神谕都是在向我们低声说出一句命运攸关又稀松平常的话："人类啊，"神说，"你们中最能洞察世间非同一般的形势尤其是一个未死之死人的审判的人，比如伟大的卢勒塔比耶记者，知道自己所知的只是虚无。"[1]

幕落。

1 柏拉图，《苏格拉底的申辩》，23b。

第三幕

第一场

雅典上诉法庭的审判庭内。这是一间相对窄小、昏暗的房间。其布置传统：房间最里面高起的主席台是法官席；左边像讲台一样的是检察官席；前面的小台子是证人席和辩护席；在那之后是被告席和律师席；再后面有一些随意摆放的椅子，那是旁听席。幕布升起时，台上只有一个非洲裔的女清洁工正在扫地和摆放椅子。

女清洁工（面向观众，手里举着扫把，高声唱着）

手拿扫把，
马毛扫把，
我们就是，我们就是，女清洁工。
手拿扫把，马毛扫把，
我们扫啊扫，擦啊擦，
因为有我们，灰尘无影无踪，
周围的灰尘都无影无踪。
因为有我们，灰尘无影无踪，
彻彻底底无影无踪。

快！鼓掌吧！这是我们的工会之歌！你们没听说过？专业女佣及初级女佣联合工会，简称“女佣工会”。掌声呢？（观众席响起零星的掌声。）不过这个女佣工会，我并不指望它做什么。因为，实话跟你们说，如果有人骚扰我、克扣工资、对我大喊大叫、反抗我、恐吓我，我自己知道怎么应付。就像这样！（她举起手中的扫把，在头顶上挥舞了一圈。）这招一般都管用。如果不管用了，我就会去找苏格拉底。没错！我认识苏格拉底。我听说有人要审判他。这真是不能再好笑的笑话！没人能审判苏格拉底，是他审判所有人才对。这还用说嘛！我上次见到苏格拉底的时候，他住在一条臭气熏天的街上的一间小屋子里。我上了楼，到了门口，敲了门，然后他开门……（阿里斯托芬走上舞台，依然穿着那件长至膝盖的律师袍，还有短筒袜和大皮鞋。女清洁工刚看到他便说）亲爱的阿里斯托芬，你来演苏格拉底！我们给大家演一段。你是正在给我开门的苏格拉底，然后你看到了我……

阿里斯托芬（摆出一副古怪的老流氓的样子，做开门的动作）“怎么啦，你这黑墨水一样黑的老太婆，让苏格拉底瞧瞧你身上那圆润的……性格吧，我要用残酷的手段对付你！

女清洁工 你这像苏格拉底一样有智慧的老混蛋，想偷看我女性身体的最中心？

阿里斯托芬 休得无礼，这么多观众在看呢。直接一点：你记性好吗？

女清洁工 这得看情况。如果有人欠我钱，我的记性就很好。但如果是我欠别人钱嘛……哎呀！哎呀呀！我不记得啦。

阿里斯托芬 你的记性肯定好的。尽管你是女人，尽管你还是黑人，佣人，你亲爱的苏格拉底的朋友，而且你拥有这么好的学习天赋，不是吗？

女清洁工 亲爱的苏格拉底，如果得像你一样说一大堆没意义的话，这种天赋我可没有。如果要抢劫老板，我绝对是一流的。

阿里斯托芬 好吧，你是我的人了！你这女人是我的人了！(他把女清洁工朝屋里推。)进来吧！别在我门前徘徊了。(她待在假想的门前一动不动。)哎哟！告诉我：如果有人毒打你，你会怎么办？

女清洁工 首先，没有人可以毒打我。其次，如果有人毒打我，我就先挨打。不过没有人敢打我。然后，我会找找附近有没有证人。不过这种时候从来不会有证人。最后，有了证人，我就上法庭，比如这里。

阿里斯托芬 你是我的人，我的女人！脱掉裙子进来吧！

女清洁工（边脱衣服边说） 首先，我不会在你这样一个堕落、浅薄的苏格拉底面前脱衣服。其次，就算我脱了，我也不会光着身子走进你这样好色的苏格拉底的房间。最后，就算我光着身子走进你的房间，我也一定会嫌弃地走出来！我会像这样（模仿古代贵妇的姿态）离开！（面向观众。）你们是证人。这个老色鬼的把戏全被我识破了，真低级。”[1]

她赤裸着走下台，步伐优雅而庄重，手上拄着扫把，仿佛那是一根皇杖。

阿里斯托芬（来回踱步，显得十分狂躁，嘴里念叨着下面这段像是即兴创作的话，内容有些粗俗，像是处境艰难时不

1 阿里斯托芬，《云》，480-510.

得不向一群无赖讨钱）

“帮帮我吧，提洛之神福玻斯，
在铿托斯山高耸的峰顶的你！
还有你，在艾菲斯拥有一座黄金和骨头砌成的宫殿，
受到吕底亚女郎们敬奉的你！
还有你，国民女神，
守护这座城的卑劣的雅典娜！
还有纵酒狂欢的酒神，
你每日都到巴那斯山，
羊腿啃得连骨头都不剩，
我叫你，胖脸的狄俄尼索斯。”[1]

这时，柏拉图和色诺芬走了进来，两人都穿着漂亮的律师袍。他们有些惊愕地看着阿里斯托芬表演朗诵。阿里斯托芬朗诵完，柏拉图为他鼓掌，而色诺芬则流露出嫌恶的神情。

1 阿里斯托芬，《云》，595-605.

第二场

相同地点。

阿里斯托芬（发现有其他人在场） 啊！我的同事们！见到你们太高兴啦！这种喜悦很可疑、很肮脏，但又很真实，真实到超现实的地步。不过话说回来：关于我们的委托人，那个怪人苏格拉底，你们了解多少？

柏拉图耸了耸肩，开始绕着房间慢慢踱步，不再理睬另外两人。卢勒塔比耶悄悄走进来，一边偷听阿里斯托芬和色诺芬的对话，一边做着笔记。

色诺芬（神气活现地说） 我亲爱的同事，苏格拉底潜入他那深不见底的思想中去了。在他思想的最深处，比之前还要深。他藏在这深不可测的思想中，遗忘外界的兴衰变迁。

阿里斯托芬 太棒了！不可思议！苏格拉底在自己思想的深渊中潜水！他跟您说了什么？

色诺芬（神秘地说） 有一个直接的消息源头告诉我……

阿里斯托芬（已经厌烦的语气） 啊！如果苏格拉底不是对您说而是对一个源头说的，况且他还在思想的海底，那可有得等啦！我先去拿我的文件了，待会儿见！

他手舞足蹈地走了。卢勒塔比耶神秘兮兮地靠近色诺芬，站在阿里斯托芬刚才站的位置。色诺芬似乎毫无察觉。

卢勒塔比耶 太有意思了，色诺芬老师！有一个消息源头跟您说起过苏格拉底？来自苏格拉底那深不可测的思想深处的源头！也许这源头是股温热的矿泉？

色诺芬 正是。温热的矿泉，间接的直接源头，别误以为它对我说的话我没办法亲耳听到苏格拉底说，我跟他从很久以前就很熟，我可以直接从我的朋友苏格拉底滚烫的源头听到。但是，通过间接的温热源头听说，比跟苏格拉底本人亲密交谈更加客观，如果与他本人直接交谈，恐怕我的主观会作祟了。

短暂的沉默。

卢勒塔比耶　所以呢？您的间接源头用它温热的矿泉湿润了您的大脑吗？

色诺芬　您所说的源头告诉我，并且是原封不动地转述了苏格拉底的原话，它说苏格拉底的确结束了讨论。

短暂的沉默。

卢勒塔比耶　所以呢？伟大的潜水家苏格拉底对您的温热的间接源头说他结束了什么讨论？

色诺芬　他的原话是这么说的，原封不动，所以我对您说的也是原话，既然我与这个间接源头有直接联系。原话，相信我。

卢勒塔比耶　所以呢？他到底亲口说了什么，在他的思想深处？

色诺芬　他是这么说的，我原封不动地告诉您，我亲爱的同事。

卢勒塔比耶　我不是您的同事。

色诺芬（这才看清他身边说话的人，立马吓了一跳） 我的天！您是谁?！来人啊！这里有奸细！诡辩家！

卢勒塔比耶（抓住他的肩膀） 小点声！小点声！我是苏格拉底的审判的全球媒体代表，也是唯一获准的旁听者。嘘！别喊！您之前见过我，我是那个法国记者凯文·卢勒塔比耶。

色诺芬 啊！您刚才吓到我了。我刚刚说到哪了？（怀疑地）您不会把间接源头向我直接转达的我的老师苏格拉底亲口说的话写在八卦杂志上吧？这可是头等机密。

卢勒塔比耶 我什么也不会透露的，我不会写太多，只是向大众发布新闻而已。

色诺芬（松了一口气） 如果只是发布新闻，那就太好了！新闻没什么价值。您就说您所知道的都是色诺芬老师和他的源头直接告诉您的就可以了。

卢勒塔比耶 当然咯，您的温热矿泉！不过话说回来，苏格拉底究竟说了什么？公元前 399 年之后再没有人见过他，这确实已经过了很久很久了。

色诺芬　他对我的直接源头说的原话是这样的，我现在将原话转述给您，跟我的源头说的一模一样，这完全有可能实现，因为我和苏格拉底有好多次差点有直接交往，这在我的作品《回忆苏格拉底》、《会饮》、《苏格拉底的申辩》中有详细叙述，您一定也知道这些作品。

短暂的沉默。

卢勒塔比耶　所以呢？他说了什么？

色诺芬（像猛然惊醒般）　抱歉！我刚才查找了我的间接记忆，把它引向直接。苏格拉底的话是这样的，原封不动，对吧？以前是这样，现在是这样，以后也永远是这样，比永远更远。

卢勒塔比耶　比永远更远？“比永远更远是这样”是什么意思？

色诺芬（不屑地）　这对您来说有点太复杂了，年轻人。您还是听听苏格拉底怎么说的吧。（十分浮夸地）“但是现在，假设我多亏了法官的仁慈得以活到今天，多活了二千五百六十八年，我——”[1]

卢勒塔比耶（震惊地） 等一下，等一下！苏格拉底这样说的……好吧……这太荒谬了！他说他多活了两千多年？

色诺芬（慈祥地） 年轻人！您不会数数还是怎么的？1967年，苏格拉底二千六百三十八岁。但公元前399年他七十岁时被判了死刑。从那以后，他一直处于缓刑期。用他的话来说，他是“多活”了。1967年，他“多活”的日子已经持续了二千四百三十五年，不包括他真实的年龄，也就是七十岁。所以我们可以说，只算多活的人生的话，在我的间接源头与他直接联系并间接地转达我苏格拉底的原话时，苏格拉底确确实实已有二千三百六十五岁了。

卢勒塔比耶（目瞪口呆） 那……1967年……为什么是1967年……我是说……1967年他还活得好好的？

色诺芬 就像他多活的那几个世纪一样活得好好的。苏格拉

1 色诺芬，《苏格拉底的申辩》，6。

底一直在忍耐，在坚持。您知道吗，我的直接源头曾在雅典郊区问过他1967年4月14日举行上诉审判的可能性。（卢勒塔比耶又开始兴奋地记笔记。）当时左派妄图夺取政权，好几个动荡政府都宣称支持这场拖了近二十六个世纪的审判，这完全是意识形态造成的，不是吗，实在可耻，说明意识形态是罪恶！比意识形态更加罪恶的只有极权政治了。

卢勒塔比耶（嘲笑地）　比意识形态更加罪恶？您吓到我了！

色诺芬　放心吧。我运用苏格拉底的思想论证了极权政治只不过是最坏的意识形态，它仍旧是一种意识形态。毋庸置疑的是，苏格拉底的第二次审判被禁止了二十六个世纪完全要归咎于意识形态。

卢勒塔比耶（不解地）　归咎于意识形态？整整二十六个世纪？

色诺芬　完全是因为意识形态！就是因为这个瘟疫，二十六个世纪以来，苏格拉底的上诉才会一次次碰壁，您能想象吗，年轻人？可怜的苏格拉底，他经历了怎样煎熬的岁月啊！一天天、一天天地等待着他的上诉审判！马其顿人不接受上诉，因为他们拥护君主专制，而苏格拉底的自由精神与之背道而驰。罗马人不接受上诉，因为臭名昭著的罗马法与希腊人的法律不同，并且罗马人认为他上诉的司法条件不够充分。拜占庭人不接受上诉，因为他们是基督徒，而在雅典集会上讽刺圣保罗的希腊哲学家们都自称是苏格拉底的弟子。土耳其人或者叫奥斯曼帝国人民不接受上诉，因为他们是穆斯林。希腊独立的革命者还有共和党人不接受上诉，因为他们是实证主义者，不愿相信一个人可以活二十六个世纪。直到上世纪 60 年代，出现了左倾派、极左派，人们才重新考虑这场审判。1967 年 4 月 14 日，我的源头像谈论一件很可能发生的事情一样，与苏格拉底平静地谈起这件事。

卢勒塔比耶　所以您的矿泉告诉您的、您立刻转告我的苏格拉底的原话，就是那个时候说的？

色诺芬　没错。他是那时说的，注意，是四十七年前……

卢勒塔比耶 相比他的岁数来说不算什么，我指的是他多活的那些年！

色诺芬（严肃地） 苏格拉底多活的生命中的哪怕一分钟都比您这整整一辈子还重要，年轻人。听听他怎么说的吧。（夸张地）“假设多亏了法官们的仁慈我才得以活到今日，到现在我已经多活了二千五百六十八年了。我知道摆在我眼前的将不再是上诉审判，而是冰冷的死亡，我的实际年龄将是八十岁然后九十岁而不是二十六个世纪，我知道我不得不忍受衰老造成的诸多不便，我甚至会老眼昏花、双耳失聪，阅读越来越困难，记忆力也减退得很快。意识到这一切之后，我不会再觉得自己仍是那个能打败所有诡辩家的强壮有力、大名鼎鼎的苏格拉底，而是成了一个满嘴胡话、弱不禁风的老头儿。所以，我又何必再傻傻地为了一场上诉官司劳心费力呢，更何况这些法官个个都是卑鄙顽固的蠢货，律师个个都像柏拉图和普拉提诺那种傻瓜一样让我说些形而上的大蠢话，而那从来不是我的真实想法！”[1]

1 色诺芬，《苏格拉底的申辩》，6。

卢勒塔比耶（惊恐万分） 所以，上诉审判不会举行了？！苏格拉底自己放弃了？！

色诺芬（微笑着说） 您不懂人生，年轻人。真正的人生，而不是哲学家的人生……苏格拉底在 1967 年 4 月 14 日说了这番话，结果，一个礼拜以后，1967 年 4 月 21 日，发生了军事政变，名叫乔治·帕帕多帕罗斯的老上校执掌了希腊政权。帕帕多帕罗斯是法西斯分子、民族主义者，他不接受任何上诉。他直接执行判决，不容申诉。在他眼中，苏格拉底已经死了，并且是个恐怖主义知识分子。哎！所以，苏格拉底的第二次审判再一次、一次次地因为这该死的意识形态而搁浅了。

卢勒塔比耶 可我们现在、此刻在这儿做什么？

广播（轰鸣） 石匠索佛罗尼斯科斯与助产士费纳瑞特之子，公元前 399 年因亵渎神明、败坏青年被判死刑的苏格拉底的上诉审判即将开庭。上诉法庭由保罗斯大法官主持，伊万诺斯法官和贝阿特丽西娅法官协助。控方由卡利克勒斯检察官代表。辩方为阿里斯托芬老师、柏拉图老师、色诺芬老师。旁听席由凯文·卢勒塔比耶先生代表，其兼任国际媒体代表。非以上八位人员请勿入内。

色诺芬 喏！这就是我们要做的，卢勒塔比耶先生。

柏拉图（走到二人身边停下，嘲讽地说） 我们要做的什么也不是，说实话。回到我们的位置上吧，我们得有位置啊。有位置的事物、被放好的事物已经有一半是被理解的事物了。

卢勒塔比耶（困惑地） 那另一半呢？

柏拉图 不在场的事物，不在位置上的事物，年轻人。概括起来，就是事物的**理念**。走吧，我们就座。

第三场

已经在场上的几位先后入座，柏拉图和色诺芬在律师席，卢勒塔比耶在旁听席。最后，卡利克勒斯检察官身着刽子手风格的红色制服入场就座。一段沉默。广播响起："女士们、先生们，开庭！"全体起立，三位法官身着17世纪荷兰式法官袍入场，庄严地走向各自座位坐下。

保罗斯庭长（用官腔迅速而不耐烦地说） 我宣布，被告人苏格拉底的第二次审判第一次庭审开庭。苏格拉底生于公元前469年11月，即耶稣基督诞生前469年，其出身平凡，此处指被告而非基督，父亲为石刻家索佛罗尼斯科斯，母亲为助产妇费纳瑞特。他同时有两个妻子，犯了重婚罪并且情节严重，其中一位妻子是同样出身平凡的克珊西普，卒年不详，另一位是公正之士阿里斯提德之女米尔托，卒年亦不详。

他敲了敲法槌。

阿里斯托芬（跑着进来，律师袍卷到了大腿位置，他穿过房间走向律师席，把椅子撞得乱七八糟） 不，庭长先生，不可以，绝对不可以。

保罗斯（厉声说） 阿里斯托芬老师！您想说什么？您这不雅的打扮又是怎么回事？

阿里斯托芬（气喘吁吁地说） 您不能开庭。

贝阿特丽西娅（温柔地说） 尊敬的老师，我们尊敬的保罗斯庭长为何不能宣布第一次庭审开始？

阿里斯托芬（同样温柔地说） 尊敬的贝阿特丽西娅法官，您今天比平时更美了，一点也不夸张。保罗斯庭长不能开庭的原因是，这场审判从来就没有闭庭。

全场震惊。

色诺芬（站了起来） 这个论点很有趣。我们的戏剧界同事阿尔弗雷德·德·缪塞曾经说过："一扇门要么是打开的要么是关闭的。"敏锐的逻辑学家们很快就发现，这句话中的"要么"具有排他性，而不具有包含性。门不可能同时开启和关闭。经验更老道的逻辑学家还发现，此处还符合排中律：门不是开着就是关着，不是关着就是开着。最严谨的逻辑学家认为引入第三种可能是错误的，比如半开或半关的情况，或者其他此类无意义的假设。各位法官，门在没有被关闭的前提下是不可能被打开的。在这里，逻辑是无——情——的！

一直横躺在椅子上的卢勒塔比耶睡着了。

保罗斯（愤怒地说） 我们的庭审可不是一扇门，各位辩护人！

卡利克勒斯（像一只紧绷的弹簧似的突然弹起来） 庭长先生，我们的庭审恰恰是一扇门，甚至是一扇正义的大门，难道不应该完全敞开这扇大门，让我们善良的公民们见识见识吗？语言的微妙差别应该为法庭所用，而不是法庭服务于语言的微妙差别。我可以肯定：就算这扇门严格意义上没有关闭，而只是微微开着，庭长也可以用您特有的动作打开它，使它完全敞开，让空气吹散瘴气和慢性毒药，色诺芬老师和阿里斯托芬老师正企图利用这些有害物质使我们神圣的司法大门陷入瘫痪，使之僵持在不幸的半开状态。这番举动暴露了他们的真面目，不是老师而是工头。

他精疲力尽地坐下。

保罗斯（对两位法官说） 贝阿特丽西娅女士，伊万诺斯先生，你们怎么看？

伊万诺斯 检察官的话十分巧妙。工头的打击必将失败。事成定局。我们开庭吧！

贝阿特丽西娅（愤怒地看着伊万诺斯） 好好向人家学习吧。这位卡利克勒斯先生，是个真正的男子汉！我见过连他半点都不如的人，我是指在男子气概和对待现代女性方面。我身边就有某些人需要向检察官先生学习言行举止。

卡利克勒斯（站起来） 每小时1500欧，只讲一节课，全部费用包含在内，除了自助饮料需要另付现金。

贝阿特丽西娅 你瞧！快报名吧，别夹在平庸与博学之间不伦不类的！我告诉你很多次，你——

阿里斯托芬 嘿，亲爱的姑娘！你希望被打开还是被关闭？

保罗斯 对，贝阿特丽西娅女士，您的立场是？

贝阿特丽西娅 不论何时何地我都坚持认为：打开比关上好。现在也不例外。

保罗斯 看来这是毋庸置疑的。门只是半关着，我是指我们的庭审，我用庭长的肩膀推了它，请允许我将庭长的特权比作肩膀——

阿里斯托芬（站起来） 那当然！我们的庭长就是对抗罪恶之狼的法律之羊。所以他的肩膀就是羊腿！把所有门都打开，大家都来吃羊腿吧，来来来！

伊万诺斯 我以至高无上的正义之名，请求庭长将阿里斯托芬这个臭名昭著两千多年的猥琐下流者，粗俗无礼者，告发正直的议员、玷污善与美的家伙，这个酒鬼、诽谤者、嫖客——

贝阿特里西娅（不满地说） 小点声，小点声！正义不需要大声喧哗。

伊万诺斯 总之，必须把他赶出去，发言完毕。

保罗斯（对阿里斯托芬说） 您听到了吗，阿里斯托芬老师？我对您发出警告。

阿里斯托芬 尊敬的庭长，感谢您让我翻倍。

保罗斯 您在说什么？

阿里斯托芬 您对我发出了警告。读过亚里士多德的人都知道，他有一个无可辩驳的三段论：被警告过的人一个顶俩。阿里斯托芬被警告了。而他是一个人。由此得出阿里斯托芬是一个被警告过的人。所以，阿里斯托芬一个顶俩。（他放声大笑，笑得几乎喘不过气来，然后他停下来说）这个文字游戏不错吧？（继续大笑。）

保罗斯（叹气） 谁要发言？

柏拉图 我。在关闭之前，我想阐明打开和关闭这个问题。

色诺芬悄悄溜了出去。

第四场

贝阿特丽西娅 别给我们上哲学课，听到了吗？这可不是高中课堂，我们受够了哲学课。

保罗斯 柏拉图老师，请发言。

柏拉图 “我只想问检察官先生一些问题，因为是他说服法官开庭。

卡利克勒斯 问吧，亲爱的小工头，问吧。

柏拉图 在您看来，美好的人生，真正的人生，就是饿的时候可以吃吗？

卡利克勒斯 这个问题真狡猾！我的回答是：当然！”[1]

贝阿特丽西娅 柏拉图老师，您葫芦里卖的什么药？我们在讨论开庭而不是吃香肠。

---

1 柏拉图，《高尔吉亚》，495b-497b。

伊万诺斯 香肠？为什么是香肠？你还真是口无遮拦啊，亲爱的。

贝阿特丽西娅说话时，警察全副武装地走进来。接着在伊万诺斯说话时，他撞到了卢勒塔比耶横躺的椅子。

卢勒塔比耶（突然惊醒） 什么！亲爱的香肠？在哪里？

保罗斯 够了，够了！旁听席无须发言。（卢勒塔比耶再次入睡。）请就座，警官，标注苏格拉底的那个位子。（警察在被告席坐下。）至于您，柏拉图老师，请回到正题。

柏拉图 “我正准备回到正题：真正的人生，就是当你想打开一扇被关闭的门或半开的门时，可以把它开到最大，对吗？

卡利克勒斯 当然！

柏拉图 可是，如果我希望门是开着的，那么当我看到它是关上的，就会感到不开心，而当我看到它是开着的，我会感到开心，对吧？”[1]

---

1 柏拉图，《高尔吉亚》，495b-497b。

贝阿特丽西娅 他在耍我们！

阿里斯托芬 亲爱的贝阿特丽西娅！你看到打开不觉得开心吗？

保罗斯 阿里斯托芬老师！第二次警告，如有下次，您将被逐出法庭。

阿里斯托芬 感谢您让我翻了四倍！

伊万诺斯 还真是！如果被警告的人一个顶俩，那么被警告过两次的人就相当于四个！

贝阿特丽西娅 你的笑话从来都不好笑！

保罗斯 我要严肃处置了，女士们、先生们！我要严厉惩罚！让你们见识什么叫残暴！所有人回到座位，听从指令！柏拉图，长话短说！

柏拉图 所以，看到门开着的快乐与看到它关着的痛苦是相等的，对吗？

卡利克勒斯（不耐烦地说） 我觉得是。

柏拉图 “如果看到门关着几乎感觉不到痛苦，那么看到它开着也几乎感觉不到快乐，对吗？

卡利克勒斯（有些迟疑） 似乎挺符合逻辑。

柏拉图 所以，如果门是半开的，或者是勉强算关上的，那么它被关上所产生的痛苦就微乎其微，而看到门打开的快乐也几乎不存在了，对吗？

卡利克勒斯 我不明白你究竟要说什么。

柏拉图 让我们用另外一对反义词——正义与非正义替换快乐与痛苦。如果门被关闭是非正义的，那么门被打开就是正义的，对吧？

卡利克勒斯 表面上看是这样。

柏拉图 但如果门是半开的，也就是说并没有完全意义上被关闭，那么此时就比完全关闭情况下的非正义要少得多，那么它也要比完全打开时的正义少得多，对吧？

许久的沉默。

卡利克勒斯 我想我刚刚回答得有些草率。

柏拉图（对法官说） 结论已显而易见：既然大家公认我们的庭审没有完全关闭，而是半开的，那么它完全关闭时产生的非正义几乎不存在，因此，与卡利克勒斯检察官的华丽演说所得出的结论相反，当庭审被打开时产生的正义也是几乎不存在的。进一步可以得出，打开苏格拉底的第二次审判既不是正义也不是非正义的，其实是否打开根本无关紧要。”[1]

卡利克勒斯 我被下了套！

伊万诺斯 厉害！太厉害了！

贝阿特丽西娅 真可笑！你自己不也像个愣头青一样被柏拉图耍得团团转吗！我们这是在审判，别再讨论这些鸡毛蒜皮的事了！

---

1 柏拉图，《高尔吉亚》，495b-497b。

卢勒塔比耶（突然跳起来） 鸡毛蒜皮？谁在说鸡毛蒜皮？什么鸡毛蒜皮？

保罗斯 够了！够了！国际媒体继续昏睡！立刻！我要严肃处置了！还有柏拉图老师，您这场令人晕头转向的演讲究竟能得出什么结论？

阿里斯托芬 很显然，庭长先生，您可以开庭，然后，您再闭庭！

保罗斯 我已经提醒过您了，这是第三次警告，我要把您赶出去。来人！把阿里斯托芬老师赶出去！

阿里斯托芬（卷起袍子，双手握拳放在胸前，做战斗预备状） 我是作为苏格拉底的代表来到这里的，我不出去，除非警察打败我！

警察（同样做战斗预备状） 我才是不在场的被告苏格拉底的代表，请你这个弄虚作假的捣乱者出去。

伊万诺斯 对啊！被告怎么会由警察来代表呢？

卡利克勒斯（从昏沉忧郁中苏醒过来） 我听从庭长指挥，维护法律和秩序。

他站到警察旁边，做准备战斗状。

柏拉图（站到阿里斯托芬身边做战斗预备状） 就算我对我的同事有成见，也不能让世人说我柏拉图是个逃兵！

伊万诺斯（加入阿里斯托芬和柏拉图一边） 作为一名法官，我站在正义一边。

贝阿特丽西娅（加入警察和卡利克勒斯一边） 可怜的伊万诺斯不在的地方，就是我要去的地方！

警察 我要逮捕所有人！通通跟我回警局！

阿里斯托芬 他妈的，你这阴险的宪兵！作为律师我死也不会退缩！

保罗斯（恢复镇定） 女士们、先生们！开庭！（他用力地敲了下法槌。）对了，色诺芬老师在哪里？

所有人冷静下来，围成一圈，面面相觑道:“色诺芬呢？他跑到哪儿去了？”

警察 色诺芬老师出去撒尿了。我在四楼的员工洗手间遇到过他，就是员工专用、临时工不能用的那间。

保罗斯 多久了？

警察（从口袋里掏出一块硕大的手表，看了一眼说） 1 小时 25 分 37 秒。

贝阿特丽西娅 这么久！他喝了多少水？

柏拉图 我请求暂停审理。

伊万诺斯 可我们才刚开庭！

阿里斯托芬 对，是该休庭了。

保罗斯 同意，我们必须找到色诺芬。暂停审理。（他重重地敲击法槌。）警官，清场！明日上午继续！

警察（掏出手枪） 快走！所有人出去！

柏拉图（对观众说） 你们看到了吧！如果要打开一扇从未关上的门，必须重新关上，以确定它确实被打开过。

所有人跑着出去，除了警察和睡在椅子上的卢勒塔比耶。

警察 今天刚好是我的休息日。我的上司对我说："莱昂，你别休息了。""为什么？"我说。他回答："因为你今天要当苏格拉底，一整天。"他还说："你要被当作苏格拉底关起来。你什么也不要说，哪里也不要去，你就是缺席的苏格拉底。"你们听懂了吗？我要休息，却被关了起来，有个人不在……这并不好理解。有个聪明人说过："我在，故我不思。"我说："我休息，故我被当作不在的人关起来。"这句话不错吧？我也很聪明。好了，我也该走了。去撒尿。像其他人，像色诺芬一样。我不思，故我撒。[1] 再见了朋友们！

警察走了出去。卢勒塔比耶醒过来，发现只剩下他一人。他缓缓走出门，嘴里嘟囔着。

1 法语中"撒尿"(pisse) 与"思考"(pense) 谐音。——译注

卢勒塔比耶　对，对，我知道。这是苏格拉底的第二次审判。我们都有两千多岁了。咦，中场休息，开什么玩笑！两千多年里休息几分钟！他们真不把人放在眼里。中场休息！我总不能把中场休息写成报道吧……该死的中场休息……

他走了出去。

幕落。

第四幕

第一场

幕启时，审判正在进行中，并且已经开庭很久，可以感受到场上疲惫的气氛。尤其是伊万诺斯和卢勒塔比耶二人似乎已经睡着了。

保罗斯（被一大堆文件包围） 好，大家注意，我来总结一下。

阿里斯托芬 也就是说您要再次妥协[1]，您觉得妥协一次还不够，还要一次又一次地妥协……苏格拉底的第二次审判就是一部低劣的戏剧，就是重复再重复、妥协再妥协。让我们一起抗议这个庭长，这个懦夫！

保罗斯（狠狠地用法槌砸向桌子，仿佛那是一块铁砧） 阿里斯托芬老师，太过分了，太过分了。我要把您赶出去！

警察（坐在被告席上，惊恐地说） 我不干！我不干！

保罗斯 为什么说“您不干”？

---

1 法语中“总结”（récapituler）从词的构成上看，是“妥协”（capituler）一词加上表示“再次”的前缀（re-）。——译注

警察 我再也不驱逐阿里斯托芬老师了。每次把他赶出去我都要挨他的打。您看。(他指着双腿和手臂上的伤口和淤青说)还有更严重的。

他开始脱裤子。

贝阿特丽西娅(调侃说) 天哪，他准是要给我们看他那玩意儿！阿里斯托芬对您伸那玩意儿了?

保罗斯 警官！立刻停手！快把裤子提起来！

警察(一只手提着裤子，停在大腿中部) 那您保证不再让我驱逐阿里斯托芬老师！我是有尊严的人，我是代表缺席的苏格拉底的活物质。只要是我在的地方，苏格拉底就一定不在，而我不在的地方，他也不在。这些并不是废话。(激动起来。)庭长先生，打我就是打苏格拉底！打我就是打哲学本身！这个审判苏格拉底的法庭如果容许一个穿着短裙、浑身散发着廉价酒气的律师无休止地殴打被告苏格拉底的幽灵、他的代替者、国家指定的远古代表，也就是我本人，那么它一定会严重侵犯人权！不可以！

不可以！很显然，要么我再也不驱逐阿里斯托芬，要么，啪，我放下裤子，接着，所有人都会失身。

保罗斯 您先把裤子穿上，坐下，别激动。谁自告奋勇把阿里斯托芬老师赶出去？

阿里斯托芬 我！这样就不会有人说阿里斯托芬害怕被阿里斯托芬殴打了，不会的，不会的。加油，宝贝儿，走吧！（阿里斯托芬抓住自己的衣领，把自己拖向门口。刚到门前就说）“哦，高深莫测的法庭！让一个裤子松垮的警察和一个与自己为敌的阿里斯托芬把我赶出去，却还试图洞察一切！集中精神吧，汇聚你的所有思想！如果一不小心走入积满污垢的死胡同，并拢双脚，跳向你丰富头脑中的另一个假设上去，永远不让心中柔和的睡意袭上你的眼睛。”[1]

他打了自己几拳，扯着自己的衣领，把自己赶了出去。

1　阿里斯托芬，《云》，700-705。

第二场

保罗斯 我来总结一下。（不耐烦的官腔。）我们看了控诉材料。材料有很多，但真正有法律效力的只占极少数。实际上其中大部分出自色诺芬关于苏格拉底的作品，尤其是那部叫人十分头疼的四卷本著作《回忆苏格拉底》，但色诺芬是辩方律师，因此他的话不能作为预审材料。还有一部分控诉材料出自柏拉图老师的众多作品，尤其是关于公元前399年苏格拉底的第一次审判的著作，比如《苏格拉底的申辩》、《游叙弗伦》、《克力同》，顺序不分先后。然而其中有大量编造、杜撰甚至胡言乱语——

柏拉图 法院无须在此评判我的哲学文学作品！在哲学领域，法院显然是外行。我抗议！请法院专注于自己的职责——伸张正义。

贝阿特丽西娅 法院当然有理由稍微跨点界去批判那些把哲学搅进来的律师！您亲爱的苏格拉底就只会喋喋不休地说教！我们高三的时候真是受够了这些！

保罗斯 克制，女士，克制。不过我想说柏拉图的作品中确有不少胡言乱语，尤其是《克力同》中，有些句子带有反民主的倾向。比如苏格拉底曾一本正经地对克力同说……（他在文件中翻找着。）找到了："因此，我亲爱的朋友——亲爱的柏拉图，我正在引用您本人作品中您亲爱的苏格拉底对他亲爱的克力同说的话——因此，既然是关于是非邪正的问题，我们全然不用理会大家也就是所谓的'多数人'怎么想或怎么说。我们应该只听从能为我们在这些问题上指明方向的东西，那就是政治真理！是的，不纯粹的纯粹，适应现世环境的政治真理。"[1] 如果这不是极权政治我就上吊自杀！

柏拉图 快自杀吧，亲爱的，自杀吧！我们会给你找到理由的！

听到这番话，伊万诺斯激动了起来，既惊愕又兴奋。柏拉图则埋头于他的资料中，除了偶尔不合时宜地参与之外，他直到本幕结束都在奋笔疾书和疯狂地阅读。

1 柏拉图，《克力同》，48a。

保罗斯 我不会让您得逞的。总而言之，这些材料都不能作为控诉材料，因为您是被告律师。色诺芬老师也有一些大胆出格的语句——

色诺芬 我并不出格，庭长先生！我还服了兵役，为国效力——

贝阿特丽西娅 为哪国效力，色诺芬？反正不是我们的祖国希腊。您那本著名的《长征记》我看了！里面提到您当时被某个叫大流士的波斯君主高薪雇佣为军官，而他策划了一场政变。所以您别再吹嘘自己是个彻底的爱国者了。

色诺芬 我不会和一个公元 21 世纪的东正教法官讨论我在公元前 4 世纪的雅典对希腊的爱国之心。绝不。别提那段光辉历史了。不管怎样，请您尊重我，法官女士。我是丈夫，是七个孩子的父亲，也受过教育，我写的关于政治法的论文被评为优秀，我有一定的社会地位，并且是通过体面的方法获得的。而我关于被告苏格拉底的作品，只是分毫不差地整理和校订了我的消息源头亲口告诉我的相当于直接从苏格拉底口中听到的话。

伊万诺斯 我喜欢您整理的其中一段……（他在文件中翻找。）出自《会饮》……找到了！有个叫卡尔米德的人对苏格拉底说："我很想知道为什么你告诉我们，如果我们渴望亲吻某个年轻英俊的小伙子，双唇贴上他柔软的双唇，与他唇舌交缠，一定要小心提防。而我有天却看到你和克里托布鲁一起在同一本书里找一句话，你把头靠在他留着卷发的漂亮脑袋上，你裸露的肩膀靠着他裸露的肩膀。"[1]

卢勒塔比耶（惊醒） 裸露？谁靠着裸体？肩膀卷曲裸露的是谁？

贝阿特丽西娅 闭嘴，观众！

色诺芬 伊万诺斯法官，您的引用完全没有考虑上下文！结合上下文才能理解文本！亲吻、裸露的肩膀在这里只是副文本，恰恰是为了引出——

1 色诺芬，《会饮》，27。

保罗斯（打断他的话） 好了好了。总之这些毫无用处，既然色诺芬是被告律师。把这些争论丢到垃圾桶再也不要提起。

卢勒塔比耶开始记笔记。

贝阿特丽西娅 伊万诺斯只对淫秽段子感兴趣。我说的没错！别狡辩！另外，色诺芬写的东西都叫人厌烦。而柏拉图引用过的卡利克勒斯检察官的话则很有分量，值得思考。我曾在这一堆废纸中看到过。（她翻找着。）听听这段："苏格拉底不明白的是，哲学只对孩子有吸引力。成年之后依然喋喋不休地谈论这些的都是毫无社会经验可言的人。他们不了解国家所依赖的法律，不了解经济贸易中必不可少的规则，也不知道人们如何订立正式合同，如何监督选举，如何交流……总而言之，一直被灌输哲学的人对人情世故一无所知。而苏格拉底正是将青年们推向了这样一条不归路，它足以摧毁本就脆弱的经济。"[1] 卡利克勒斯的话简直鞭辟入里。这段话很有现代意义，与我们在电视媒体上看到的女实干家们观点一致。他的话十分

1 柏拉图，《高尔吉亚》，484。

写实，苏格拉底被羞辱得颜面无存。我希望这个精彩段落可以作为卷宗资料。

保罗斯（恼怒地） 这恰恰不能作为卷宗资料，因为卡利克勒斯是检察官。这是在浪费时间。我们继续下一个环节。

卢勒塔比耶（从旁听席） 庭长先生！被驱逐十七次的阿里斯托芬老师已经不在这里了。我在巴黎飞往雅典的飞机上读到了阿里斯托芬关于苏格拉底的作品，作为国际媒体代表和临时担任的旁听者，我想请问您，既然他作为律师已经缺席，那么可否将他的作品作为卷宗资料？我认为他在公元前423年也就是二千四百三十七年前写下的戏剧《云》中有一个关于苏格拉底的段落写得非常好，原文是这样的……（他拿出一本书翻找着。）说话者叫作“正理”。把一个角色称作“正理”已经很了不起了，不是吗？“正理”代表可靠的理智、道理以及民主的现代性。请听原文：“如果你听信苏格拉底以及所有伪现代言论的支持者，你将会脸色苍白，肩膀扭曲，胸膛垮塌，舌头分叉，臀部肥软，尾巴变长。如果你反复阅读苏格拉底和其他哲学家，你会将可耻的行为当作正直的，把正直的行为当作可耻的，甚至会赞成同性婚姻。”[1]这很有参考价值不是吗？

保罗斯 首先，卢勒塔比耶先生，不论是作为国际媒体代表，还是作为旁听观众，您都无权向法院提出任何要求。

柏拉图（在一堆文件中探出头） 这就是您所说的民主！阿里斯托芬到底去哪儿了？他还没把自己驱逐完毕吗？

保罗斯 我刚要说，柏拉图，要不是您不合时宜地发表政治评论的话。很不幸，我接到电报说阿里斯托芬老师即将回来，他的原话是他“把负责驱逐自己的自己驱逐出去了”，这可不是个好兆头。所以，观众和国际媒体代表凯文·卢勒塔比耶先生刚刚引述的段落通通不能作为这该死的控诉材料。苏格拉底的卷宗资料不存在，是空的。没有卷宗资料，就这么简单。我们继续下一项。贝阿特丽西娅女士，证人方面是什么情况？

贝阿特丽西娅 呃……找不到证人。关于苏格拉底蔑视宗教、

1 阿里斯托芬，《云》，1010-1020。

败坏青年等不正当行径，不论是辩方还是控方证人都已去世二十多个世纪。法院所知的幸存者只有阿里斯托芬、卡利克勒斯、柏拉图和色诺芬，但他们作为律师或检察官无权作证。

保罗斯　那鉴定人呢，伊万诺斯先生？

伊万诺斯　雅典法院的鉴定人在两千多年前的第一次审判之后曾检验过被推定为苏格拉底本人的尸体，当时法院还不知道被判处死刑的他提出了上诉。

保罗斯　鉴定结论是什么？

伊万诺斯　鉴定结论是，苏格拉底确实已死亡，我必须强调这里的苏格拉底是在没有人知道他提起上诉的情况下喝下毒药的苏格拉底。但我们现在无法传唤这些鉴定人到庭证实他们当时的鉴定结论。

贝阿特丽西娅　为什么？

伊万诺斯　他们自己也死去几百个世纪了。

贝阿特丽西娅 哦，当然！我真傻！

伊万诺斯 但他们没有被鉴定过。甚至连他们的尸骨在哪都无人知晓。其中有一位非常著名的法医，也是亚里士多德的动物生物学老师，叫帕尔皮多斯·佐普洛斯，人们曾以为找到了他的一根胫骨，但最后发现那其实是一头波兰野牛的胫骨。

柏拉图（从一堆文件中探出头） 我并不奇怪亚里士多德的老师长着麻雀脑袋、野牛胫骨。

色诺芬 亲爱的柏拉图，这一点也不好笑。对不起，伊万诺斯法官，我想问您一个问题，这个问题对于我这样的学者来说有重要的科学意义。在雅典可以找到史前的波兰野牛胫骨？您的消息可靠吗？

伊万诺斯 胫骨旁边有废铁。所以它可能是装在进口罐头里面的。

色诺芬（困惑不解） 这太奇怪了！就我个人而言，我从未见过我那个时代的人——我生在公元前 430 年——

贝阿特丽西娅 作为一个二千四百四十四岁的人，您气色未免太好了！佩服！

色诺芬 让我说完！这毕竟关系到科学！我从未见过公元前4、5世纪的雅典人吃波兰野牛，一次也没有过。

柏拉图（从一堆文件中探出头） 亲爱的色诺芬，我无意冒犯，不过您确实没见过公元前4、5世纪城邦战争时穷人们吃什么。

保罗斯 先生们，请你们不要再说题外话了，停止关于古生物学和历史学的论战。回到我们的审判进程上来。（厚着脸皮说）依我看，一切都很完美。野牛 or not 野牛，总之我们既没有控诉材料，也没有证人，又没有鉴定人……这场上诉审判将很快结束。

卢勒塔比耶（在旁听席说） 况且还没有被告。

警察（不满地） 观众闭嘴！被告自愿请我代表他出席，所以经过警察总队的特殊调停，他得以通过另一种方式出席。

卢勒塔比耶 可苏格拉底总归——

保罗斯 国际媒体，闭嘴！为一家在当今民主社会还敢叫“革命报”的报纸工作，就应该自觉点低调行事。况且，法庭上已就这个问题争论了三个小时，而您当时正在昏睡。

贝阿特丽西娅 他还打呼噜了，这头懒猪！

保罗斯（敲击法槌） 下面由检察官先生作控诉陈词！

所有人重新打起了精神。卡利克勒斯站起来，手中拿着笔记，神情庄重并摆出一副胜利者的姿态。

第三场

全场灯光熄灭，只有卡利克勒斯所站的位置十分明亮。因此接下来是他的独白。卡利克勒斯面向观众，仿佛没有其他人在场似的。

卡利克勒斯 女士们、先生们，我负责证明被告苏格拉底有罪，在本场审判中他由国家警察总队的一名模范警察代表。在第一次审判中，对被告的控诉理由侧重于蔑视宗教和败坏青年。这些虽已是情节极其严重的违法行为。然而，女士们、先生们，我在此想证明的是，被告苏格拉底的主要罪行相比不信仰神明、让我们优秀的青年——包括同性恋的、异性恋的甚至双性恋的青年——放荡堕落还严重得多。他的罪行在于他甚至还侵蚀了现代社会这个资本主义民主社会最精髓、最根本的部分。

众所周知，民主社会的根本动力是，所有人都享有通过创办企业来致富的自由，不论是农业、工业、服务业、银行业还是贸易类公司，人们可以通过个人的飞黄腾达来推动国家的繁荣。有才华的青年，甚至是女青年（既然我们生活在现代)，人人都梦想着创业，梦想着自立门户，从而挣到他们应得的一点财富。这是因为他们有能力并且也知道如何利用自己的才华和优势打败对手，拿走他们口袋里的钱，总之，就是比对手更强大。

然而，这种残酷的个人竞争和不断追求个人财富从而最终转化为国家财富的宝贵精神，却遭到苏格拉底的贬低和破坏，就凭他那句看似不起眼却如老鼠药般致命的格言，这句格言仿佛掼奶油渐渐渗入年轻人的精神之胃，使他们不再通过桑涅[1]天赋创业并在全球市场取得成功，而是被推向相反的方向：在理论和实践上共同致力于实现荒谬且反自然的人人平等，甚至，我几乎不敢在法庭上说出这个可恶的词，走向罪恶的乌托邦。

你们会问，苏格拉底这个恶魔究竟说了什么毁灭性的格言？那就是，看似微不足道却声称承受不公好过创造不公的格言。“苏格拉底正是试图利用这条十分蛊惑人心的格言在本已腐坏的基础上重新提出‘法则’这个概念，并将之与‘自然’对立。是的，女士们、先生们，这正是

1　原文为 business，即商业。作者在此处写有一夹注：卡利克勒斯发 bu-zi-nesse 音。为体现这一点，此处译为“桑涅”。后同。——编注

苏格拉底的罪行所在。用庸俗的空想家的方式、打着‘真理’的旗号(尽管他不知道这个词的含义)，他企图说服缺乏经验的年轻男女们相信，‘自然’绝不是社会的基础，这里的‘自然’指的无疑是追求卓越以及不平等地创造财富的竞争，而只有‘真理的法则’，即空想和无意义的唯意志论，才应该通过具有毁灭性的平等来调整人际关系。

“我请求法庭多加注意苏格拉底式哲学的诡计。苏格拉底本人以及他或他那阴险的律师柏拉图的现代弟子们认为，应该由弱者、穷人也就是大多数人来制定法则。对这些人来说，创造不公是最坏的事情。其实这些缺乏才能和财富的群众，这些处于良好的竞争机制中最底层的人，很显然根本无法创造不公。相反，他们只能承受不公所带来的痛苦折磨，然后反抗那些让他们不得不承受这一切的人。在苏格拉底及其弟子的哲学影响下，这些既无才能又不懂桑涅法则和财富积累的人试图恐吓强者、竞争中的胜利者、经过激烈斗争不断赢得更多权利和权力的人。

“庭长先生，法院的工作人员，还有你们——观众们，这一点值得引起你们的注意。只看到‘自然’的人宣称最天才、最能干、最有商业头脑、最懂得如何提升社会地位的人拥有更多财产，也比弱者、底层人民、对现状不满的人拥有更多的产业与手段，因为他们是从个人竞争中脱颖而出的胜利者？‘自然’赞同主导者拥有更多，因为这是社会不断进步的原动力所在。为了整体的繁荣，难道不应该让能者比无能者拥有更多吗？然而，因为苏格拉底这类哲学家的影响，年轻人充满活力的天性和银行、贸易、理财方面的禀赋被改变了，并且，由于听多了抽象的咒语和花招，听多了平等，以为那就是真善美所在，人们在精神上被塑造成了起义的奴隶。

“幸运的是，我们的城邦里突然出现了一群不一样的人，他们继承了大笔遗产，生活在上流社会的小圈子里，由于聪慧过人，他们幸免于平均主义的浸染，于是脱颖而出，掌握主导，操纵数字，收买弱者并使之为他们服务。苏格拉底及其同伙的低级思想因而原形毕露！所有的强者、富人，所有注定会进入金字塔尖的人，都能重新将抽象晦涩的思想踩在脚下，打破苏格拉底这类哲学家的魔咒，摧毁被平等毒化、违背自然的法律，让精明狡猾、玩世不恭的有钱人重获与生俱来的掌控权。

“这正是品达的观点，他说‘法统治万物，不论是凡人还是神’，看似赞同苏格拉底这类哲学家，但紧接着他话锋一转，突然转向了良好的自然法则，‘这一法则通过最暴力的正义，用统治者的手发挥作用’。没错，庭长先生，法院工作人员，还有观众们，这只‘统治者的手’必会给予位高权重者和富有的企业家应得的利益，即社会和存在的剩余价值，即使这需要进一步压缩被广大穷人浪费的开支。这就是现代社会的唯一现实，也是资本主义民主社会的稳固基础。一旦主张平均主义、反对竞争、反对私有财产占社会主导的苏格拉底及其同党全部被赶出我们的世界，那么这个不争的事实就能得到所有人的认可。我敢说，这场审判的最终结果，就是走向一个豁然开朗的局面，即所有人都得以摆脱极端的乌托邦主义者。”[1]

我在这里郑重请求上诉法庭核准被告苏格拉底的一审判决，这判决虽然沉重，但对公共利益而言十分必要。

1 柏拉图，《高尔吉亚》，483-484。

第四场

舞台再次明亮起来，定格在法庭的某个场景，就这样静止了很久。

保罗斯 女士们、先生们，听完这段精彩的公诉词，我宣布本次庭审结束。明日继续。

阿里斯托芬突然大步流星地闯进来，这一次依然撞到了卢勒塔比耶。

阿里斯托芬 不，不，不可以。

柏拉图 啊！他回来了！我们了不起的小丑又想干什么？

阿里斯托芬（上气不接下气地说） 庭长不能闭庭。

保罗斯 何出此言？

阿里斯托芬 因为没有正确地开庭，不可能闭庭两次。

保罗斯 无所谓！阿里斯托芬，别再给我们添乱了。宣布开庭的人是我，宣布闭庭的人也是我，无可争辩！本次庭审结束，闭庭，明天早上 9 点开庭陈述辩护词！

场上一片嘈杂，有人大喊“够了！出去！”，“我们走吧！”，“这真是一大耻辱！”，等等。法官们走下法官席，色诺芬趁大家不注意溜走了，柏拉图和卡利克勒斯差点动起了手。阿里斯托芬站上一把椅子，在吵闹声中怒吼着，而其余人则像事先安排好似的，陆续离开了审判室。

阿里斯托芬 “掩盖这场闹剧吧，尊敬的云神，快来拯救被人嘲笑的正义，不论你们正在尼罗河口用金瓶汲取纯净的河水，还是住在墨提斯湖或弥玛斯断崖，抑或栖居白雪皑皑的奥林匹斯山神圣之巅。”[1]（他发现审判室里空无一人。）嗯？结束了？（他从椅子上下来，走到舞台前端，面向观众。）

“亲爱的观众朋友们，一起驱散

这掩盖我们不朽之身的雨雾吧，

1 阿里斯托芬，《云》，270-285。

用永不伤风的灵敏鼻子，

去嗅一嗅正义原本的味道！”[1]

幕落。

1 阿里斯托芬，《云》，270-285。

第五幕

第一场

依然在审判室。幕启时，色诺芬正在陈述辩护词。只有色诺芬一人在聚光灯下，他像卡利克勒斯之前一样，对着观众说话。保罗斯则坐在桌子后面，另外两位法官只见模糊的轮廓。

色诺芬（刚说完一个长句）“……从那以后，苏格拉底更愿意死而不是生，或者说在他的审判发生之时更可取，我认为除了他从没有人这么想，如果说他真的与众不同的话，那么他的与众不同便在于此，毕竟他的生活如此平淡。他之所以这么想，是因为他那时已有七十岁，以至于，我再重复一遍我刚才说的，我们可以解释、说明、证实并最终原谅或者说不在意、不计较法官们把苏格拉底言语中透露的自豪看作一种冒犯。因为希波尼库斯的儿子黑摩其尼曾转述过一段话，把苏格拉底言语中的自豪归于他的思维方式，苏格拉底谈论所有事，就是不谈自己的审判，于是黑摩其尼对他说——”[1]

1 色诺芬，《苏格拉底的申辩》，1-2。

保罗斯 色诺芬老师！您在这里提起黑摩其尼还是什么尼的有什么法律意义？快继续您的辩护陈述，这是上诉审判，不要没完没了地叙述公元前 399 年那场众所周知的审判。

卢勒塔比耶（在黑暗中说） 我不太了解公元前 399 年那桩官司，但我听不懂色诺芬老师在说什么。

贝阿特丽西娅（在黑暗中说） 真不可思议！色诺芬的话要么毫无意义，要么不知所云！让他出去！

阿里斯托芬（在黑暗中说，声音从高处传来） 让色诺芬老师出去根本不可能。

贝阿特丽西娅（在黑暗中说） 为什么呢，阿里斯托芬老师？

阿里斯托芬（在黑暗中说，声音从高处传来） 因为正确的命令语，革命性的、反选举的命令语，向政府发出的、源于享受权益的本能的命令语，应该是“让任期届满者出去”[1]。而色诺芬不是任期届满者。因此他不能出去，他永远待在这个案子里。

1 “Sortez les Sortants”，此口号出自皮埃尔 · 布热德。——译注

色诺芬 我请求，庭长先生，我恳求您确保辩护权不受侵犯，这项权利受到共和三年果月 14 日法令第 1678 条的保护。

阿里斯托芬（在黑暗中说，声音从高处传来） 是法国大革命啊！好极了！让任期届满者出去！

保罗斯 女士们、先生们，我要严肃处置。阿里斯托芬，我要把您驱逐出去！

阿里斯托芬 您不能这么做。

保罗斯 这让我很为难！

阿里斯托芬 所有人都看到我不在这里。您不能驱逐一个不在场的人。

保罗斯 您不在这儿还能在哪儿?

阿里斯托芬 我在这里！（聚光灯投向悬于保罗斯上方的阿里斯托芬。）我正在我的剧作《云》里找寻苏格拉底，这部作品你们都很熟悉。我被云神包围。我将他们驯服:

"永不干涸的云啊，浮现出来吧，

这潮解的蒸汽让我惊慌！"[1]

保罗斯 警察！抓住这只鸟！

之后，灯光只照射保罗斯、悬在空中的阿里斯托芬、可怜兮兮的色诺芬和警察。

警察（突然被照亮） 我是地面上的警察。您去找空中大队。想让我在天上挨打，浑身是伤地坠落到台上，变成国家警察队的伊卡洛斯？休想！我是苏格拉底，尽管他不在，因为我就是坐在耻辱的被告席代表不在场、守卫不在场的人。

保罗斯 但您必须——

警察（愈发激动） 今天不论是庭长还是法官，不论是就业中心的窗口接待员还是我那厉害的警察老婆都不能对我下任何命令！没有什么可以威胁我！因为我代表的是人们

---

1 阿里斯托芬，《云》，275。

认为已死其实依然活着的人，我就是永恒的警察，既然我们有幸看到柏拉图本人在场，我甚至可以说我是警察的**理念**，也就是让人们武装起来迎接生活挑战的那一类人的纯粹理念。

保罗斯 在这里我才是——

警察 这里已不再是这里，既然苏格拉底处在我所呈现的他的不在场的实质中。这里在别处，这里无处不在，只有警察，作为**理念**的警察，不在任何一处！

保罗斯 但我看到您——

警察 您什么也看不到！甚至柏拉图也指出，**真的理念**或**真理**是不能被看见也不能被感觉到的，因为它的超验性无与伦比。柏拉图，您同意吗？

柏拉图（在黑暗中说） 当然！警察的话让我想起我的原话："可知物只有作为真理出现时，我们才能说它的本质得到了认识。**真理**不仅使它的本质得到认识，对于它那'可被认识的本质'来说也是如此，后者从本质上说只有在向思想呈现自身时才能被认为是‘本质’。而**真理**本身不属于向思想呈现自身的事物范畴，它是接替这个范畴的东西，无论从先来后到的次序还是从力量来看，它都被赋予了一种独特的功能。”[1]

保罗斯 我们这是在干什么，在干什么！警察，我命令您——

警察 **真理**的这种独特功能，不论是从先来后到的次序还是从力量来看，都是由我来实践的！因为警察将实际的不在场之中理念的在场这根棍子给予人们，从而使他们武装起来。我就是**实在的法则**！我是苏格拉底的**理念**，所以我甚至居于苏格拉底之上！应该被审判的人是我，只有我！庭长！审判我吧！判我死刑！因为我是永不磨灭的**理念**！

保罗斯（已经精疲力尽，不安地说） 灯光师！关掉这个疯子警察身上的灯光！（投射在警察身上的灯光熄灭。）阿里斯托芬！我命令您把警察赶出去！

---

1 阿兰·巴迪欧，《柏拉图的理想国》，第 11 章。

阿里斯托芬 会被大家看见的！不过我还是遵命，庭长。把我这里的灯光关掉，让我在黑暗中完成这下流的警察差事。

阿里斯托芬身上的灯光熄灭。但紧接着全场的灯光都熄灭了。黑暗中传来跌倒声，接着是打斗声。

警察 赐予我勇气吧！救救我，正义！尼采的野蛮拥护者在攻击我！

又是一阵打斗声，以及警察的惨叫声。

阿里斯托芬 胜利了！打倒柏拉图哲学！打倒**理念**！生活万岁！

接着是一段沉默，然后又恢复到本幕开头的场景：色诺芬和保罗斯身上的灯光重新亮起，并且只有他们俩。

保罗斯 色诺芬老师，继续您的陈述。

色诺芬 谢谢，庭长先生。很显然，我色诺芬，一个体面人，并且我再强调一遍，我写了一篇——

保罗斯 是的，一篇法律论文，被评为优秀，这我们已经知道了。请直奔主题，色诺芬老师！今天还有两份辩护陈词！

色诺芬 “……因此，我可以说，我是个虔诚的人，我尊敬城邦的神，也知道只有他们能预知未来、揭示未来。可是苏格拉底认为，把神称作‘神迹’的人比那些称之为‘鸟’、‘奇语’、‘偶合’或者其他绰号的人更加尊重神，他难道说错了吗？我相信他是对的，因为据我的源头所言，相比那些将神的专属权力归于鸟的人，苏格拉底的话更加虔诚。苏格拉底还强调他没有说谎，也没有因此亵渎神，因为他向朋友揭露的都是来自于他内心神迹的严肃提醒，不但没有证据可以证明他说谎，而且就在我说的这些事——”[1]

1 色诺芬，《苏格拉底的申辩》，11-13。

贝阿特丽西娅（在黑暗中说） 不！那不可能是上帝！把他赶出去！

保罗斯 冷静，女士。色诺芬老师，缩短您的辩护词。

卢勒塔比耶（在黑暗中说） 有个很严重的问题是，这里没有被告了。连他的替代者警察都不在了。不但苏格拉底不在场，他的不在场本身也不在场。这关系到人权、人道主义、法官的独立性和关于民主的一切，我要如何在我的报纸里解释呢？对了，我供职的报纸叫“革命报”。虽然这名字毫无意义，但总归是报纸。上诉审判中提出上诉的被告不在场，这确实是个问题。

保罗斯 卢勒塔比耶先生，如果您是作为观众，我拒绝回答您的问题。不过既然您还代表国际媒体，那么我会考虑一下。请允许我就真实的法律作几点说明，不是空想的、虚构的法律，而是能够在我们这个民主主义的金融之国运作的法律。第一点，法院是独立的，这是最根本的原则。第二，既然法院是独立的，那么只有三件事能够让它，怎么说呢，让它根据现实来调整行为。因为很显然，没有人能够脱离现实，那将毫无意义。由此可知——

色诺芬（唉声叹气地抱怨道） 我必须继续我的辩护陈词，庭长先生，否则观众会忘记我的论证思路——

保罗斯（严厉地说） 庭长正在给大家解释实际的法律。您稍等。所以我刚才要说的是，现实在法院的最高原则即独立性上强加了三个实施规则。第一，被告所属的阶层，这自不待言。我们当然不会把一个黑人毒贩或阿拉伯毒贩当作共和国总统的金融顾问一样对待。第二，法官和政府之间不可分割的关系，根据不同的选举结果，自然有时会形成温和的风格，有时则导致严厉甚至残酷的作风，我直言不讳。第三，公众舆论，尤其是国际舆论，也就是您在这里所代表的，卢勒塔比耶先生。一些研究实际的法律的伟大专家曾明确表示，任何原则都不能与舆论背道而驰，具体而言就是，司法独立不能违背民意。请重复一遍您的问题。灯光师！照亮国际媒体！

一束刺眼的灯光打在卢勒塔比耶身上，他说话时一直遮着眼睛。

卢勒塔比耶 我的问题是，既然没有人看到过苏格拉底，就连他的不在场本身都没有人代表了，像警察被驱逐之前那样，那么对苏格拉底的审判还怎么进行?

保罗斯 这很好理解。我们是在苏格拉底本人的请求下实行缺庭审理的。是警察局为了避免麻烦才强制安排一名警察代表他出席，这与诉讼本身无关。

卢勒塔比耶 什么麻烦?

保罗斯 一场被告缺席的审判必然引起轰动。

卢勒塔比耶 可现在正是他的缺席——

保罗斯 您去警察局说。

色诺芬（更加唉声叹气地抱怨道） 求您了，庭长先生，我的辩护词！再这样下去我就忘词了！

保罗斯 这就回来，老师，这就回来。灯光师！熄灭国际媒体。（卢勒塔比耶身上的灯光熄灭。他躺在扶手椅上，一副不堪重负的样子。）开始吧，开始吧。

色诺芬 “我想强调的还有苏格拉底面对梅雷多指责他败坏青年时的有力回应，他不卑不亢地说，如果梅雷多知道哪个青年因为苏格拉底的话而从虔诚变得亵渎宗教，从很少喝酒变得酗酒成性，从节制饮食变得暴饮暴食，从勤奋变得懒惰，我还想再加一条，从勇敢变得懦弱，那么请梅雷多把他带来，我是指梅雷多所发现的这类青年，否则，他可能会这样说，我是指苏格拉底，在其他领域最有能力的人不该享有与他所应得的同等荣誉，我是指苏格拉底，因为他们所做的事与苏格拉底所做的事比起来微不足道，他做的事是人类最需要的，那就是教育，而教育恰恰与败坏相反，甚至是完全对立的，我会证明这一点。苏格拉底的回应几乎让梅雷多的攻击效果全无，说实话，鉴于苏格拉底在那种情形下所做的一切，具体的我不想再提起，应该有个人——”[1]

贝阿特丽西娅（在黑暗中说） 我听不下去了！我快受不了啦！伊万诺斯，亲爱的，与其躲在黑暗里睡觉，不如做点什么！

1 色诺芬，《苏格拉底的申辩》，19-22。

伊万诺斯（黑暗中的他昏昏沉沉地说） 她现在叫我亲爱的啦！你自己做吧，亲爱的！

保罗斯 老师，败坏青年这件事，我们并不关心。快总结吧！快点！时间在流逝！

色诺芬（突然激动起来） 时间都用来做无意义的事了，还有无视我。（他被自己说出的话吓了一跳。）好吧，我总结，遵命，我这就总结。“苏格拉底在法庭上的自我吹捧点燃了法官们的妒火，这很可能是促使他们对苏格拉底判刑的导火索，但他们没有意识到这对苏格拉底来说相当于上天的眷顾，因为，用他自己的话来说，他逃避了生命中最痛苦的部分，我称之为衰老，同时他还展现了自己灵魂的力量，因为他确定死亡对他来说比活下去更有意义，并且以最有活力的姿态面对死亡，曾经他以这样的姿态迎接生命的恩赐，于是他在死亡面前无所畏惧，始终以愉悦的心情期待着它。”[1]

1 色诺芬，《苏格拉底的申辩》，32-34。

全场沉默。

保罗斯 所以呢？这跟我们正在进行的审判有何联系？

色诺芬（威严地说） 辩方已经陈述了所有辩护词。

保罗斯 很好。接下来我们进入——

卢勒塔比耶（在黑暗中说） 最后一个问题，庭长先生。

保罗斯（恼火又勉强应允） 但只能给你一点点时间，一点点。灯光师！照亮国际媒体！

卢勒塔比耶 是问色诺芬老师的。您的辩护词精彩而丰富，有些难以捉摸，但水平颇高。如果您必须用几句话概括，说给缺乏教养、没有写过优秀论文的普通观众听，您会怎么说？

色诺芬 如果是对乡下人，但得是机灵、有好奇心、见过世面的乡下人，我会这么说：苏格拉底只不过是个老实人。他有个难对付的妻子，叫克珊西普，苏格拉底对她一心一意，尽管她每天晚上都拿一根坚硬的擀面杖迎接他。

当然，也有传言说苏格拉底有两个妻子，另一个叫米尔托，但我从来没见过。反正我的源头没发现他有重婚。而且大家都认为，鉴于克珊西普的擀面杖，苏格拉底不太可能去找米尔托来忘记克珊西普。另外，他很虔诚，也很爱国。他喜欢和街上的青年争论，逗他们开心，就像现在这样。他服过兵役，并表现出勇敢和服从。他喜欢晚上和朋友们喝一杯，但从未醉倒在地。他没有读过什么书，也从不写作。他是个拥有些许自学天赋的普通人。我还得承认，他不怎么洗澡。他的妻子，第一任妻子克珊西普总是说，如果他真的有两个妻子的话："你就像个流浪汉。"不过总的来说，苏格拉底这家伙没什么特别之处。说他坏话的人都是些游手好闲的混蛋。而其他那些事，关于哲学，反对诡辩家，在法官面前毫不示弱，等等，都是柏拉图和我为了保护自己而编造出来的。

伊万诺斯　为什么要保护自己？

保罗斯　这是个重要时刻！灯光师，全场亮起！

整个审判室都亮了。

色诺芬 在当时的雅典，研究哲学的人是极不受尊重的，苏格拉底的审判就是个很好的证明。柏拉图和我喜爱哲学，所以我们把一切都推到苏格拉底身上，从未承认那其实是我们想借他之口说出的话。这样一来，我们隐藏在苏格拉底身后，畅所欲言。这个被我们利用的家伙死了，而且他的死还使他一举成名。于是我们利用了他的名气……

全场沉默。

贝阿特丽西娅 真见鬼！怎么不早说！

卢勒塔比耶（无比兴奋地说） 这真是个爆炸性新闻！我得马上打电话给我的报社！苏格拉底其实是柏拉图和色诺芬包装出来的。他本人只是个爱啰嗦的流浪汉！柏拉图老师，您同意您同事刚才的轰动言论吗？

听到这番话，色诺芬狡猾地逃走了。只有柏拉图注意到了他的逃跑举动。

柏拉图 现在轮到我发言了。我只能说我刚刚的所见所闻证实了我从古代以来所持的看法：色诺芬不仅是个蠢货加话痨，还是个骗子，更是个懦夫。他发现您对他的辩护词评价很低，于是妄图用几分钟的时间赢得您的青睐然后不声不响地逃走。

保罗斯（已经不堪重负地说） 这部审判剧里实在有太多戏剧性变化！太多反转！太多离奇事件啦！真难以置信。要想搞明白这些事得下不少功夫，可我没这个时间。好吧，柏拉图，请发言。

第二场

柏拉图面向观众，独自站在讲台上。随后，其他演员也一个接一个地亮起，依次走向舞台前端，在柏拉图所处的讲台前站成一排。十一位演员按以下顺序出现：卢勒塔比耶，伊万诺斯，阿里斯托芬，奶酪小贩，女清洁工，贝阿特丽西娅，警察，保罗斯，玛格达莱娜，卡利克勒斯，最后是乔装成警察的色诺芬。

柏拉图　我认为，苏格拉底是全人类公认的闪耀名字之一，尽管多数时候人类是未开化或病态的，但偶尔也能产生这样造福全民的闪耀人物。当然，成千上万的无名小卒都曾表现出散发如此光芒的能力，这种能力我们每个人都有。但由于种种原因，唯有其中某些人成了名甚至声名大噪，于是他们的名字就承担起了代表其余大多数人的责任。“苏格拉底”就是这样的名字，而今天的审判是为了他的牺牲而上诉。

（所有演员——从卢勒塔比耶开始——缓缓地走进审判室，一个接一个被照亮，并在舞台前端排成一排。）

“或许我可以通过讲述所有住在黑暗中、只能想象影子所模仿的形状的人的生活，进一步向你们阐释太阳、晴朗、**真的理念**即我所说的光明的重要性。

“假设你们在一个巨大的电影院里。面前是延伸至天花板的银幕（高到与周围的黑暗融为一体），它挡住了你们的视线，使你们无法看到银幕以外的东西。大厅里坐满了人。观众自存在以来一直被束缚在自己的座位上，双眼紧盯着屏幕，头被覆盖在耳朵上的坚硬耳机固定着。在这成千上万待在扶手椅上动弹不得的观众身后，有一座与人头齐平的宽阔的木制天桥，整座桥的走向与银幕平行。天桥后面，几台巨大的聚光灯发射出难以直视的白光，投向整个银幕。天桥上，各式各样的机器人、玩偶、纸人、木偶川流不息，它们或由隐身的表演者牵引操纵，或由遥控器控制。来来往往的还有各种动物、抬担架的、背镰刀的、汽车、鹳鸟、普通路人、全副武装的军人、成群结队的郊区少年、斑鸠、文化活动主持人、裸女……他们有的在呐喊，有的在说话，有的在演奏管乐器或班多钮手风琴，还有一些行色匆匆、一言不发。银幕上，人们可以看到聚光灯在这变幻莫测的狂欢仪式中勾勒出的剪影。耳机里，一动不动的观众可以听到说话声和各种声音。

“关于自己、邻座的人、大厅以及天桥上的各种滑稽景象，这些观众——就是你们，坐在我面前的各位——看到的除了强光投射在银幕上的影子之外，还有别的吗？听到的除了耳机里传来的声音，还有别的吗？显然没有，既然他们的头从一开始就被固定在面朝银幕的方向，他们的耳朵从一开始就被耳机堵住。因此，除了影子这个媒介，他们根本看不到其他可见物，除了耳机传来的声波，根本听不到其他声音。即便假设他们能设法交谈，他们也必定会用同样的名字称呼他们所看到的影子和他们所看不到的、产生这个影子的物体。更何况天桥上的物体本身已是一种复制品，比如机器人或木偶。因此可以说，他们看到的只是影子的影子，而他们听到的是物理模拟人声的数码模拟。所以，这些受缚的观众没有任何办法来推断**真的**事物与模拟物的影子不同。

“可是，如果束缚被打破，异化被解除，他们的处境因此天翻地覆的话，会发生什么呢？注意！我们的寓言由此产生了转折。苏格拉底走进大厅。他看到有位观众似乎表现出不耐烦的样子。于是，苏格拉底毫不犹豫地强迫这位不知名的观众站起来，左右转动脑袋，迈开脚步，看向聚光灯发出的光。当然了，这位被迫成为苏格拉底首位弟子的观众会因为这些不习惯的动作感到痛苦。聚拢的光令他头晕目眩，无法分辨在被迫作出转变之前静静观赏的那些影子所反映的物体。他的眼睛疼得要命，他想逃跑，想找回视力能承受的东西，即从前的那些影子，他觉得这些影子比苏格拉底让他看的物体更加真实可靠。就在此时，苏格拉底和他召来的朋友粗暴地将这个人拉出观众席，让他穿过一扇隐蔽的小侧门。他被带入一条肮脏的通道，穿过通道便来到室外，眼前是春光明媚的山坡。他被光线照得头晕目眩，于是抬起一只无力的手去遮挡眼睛。苏格拉底和同伴们推他走上陡峭的山坡，不断向上，过了很久还在向上！终于到达洒满阳光的山顶。在那里，苏格拉底对他说：'你自由了，走自己的路吧。'然后苏格拉底在角落的阴影中坐下，亲切地望着他从巨型电影院里带出来的观众。于是只剩下这个新来者孤零零一人站在一望无际的风景中。过于强烈的光线摧毁了他的意识。然而渐渐地，他开始尝试看山脊，看山谷，看这令人目眩神迷的世界。起初，耀眼的万物令他睁不开眼，我们常说的‘存在着的、确确实实在那儿的’事物，他全然看不见。他可无法像黑格尔那样面对少女峰轻蔑地说出：‘das ist’：仅仅存在而已。不过，他还是尝试适应光线。经过无数次努力之后，在一棵孤树下，他终于看清了树干的影子和叶子的黑色轮廓，这些都让他想起他从前那个世界的银幕。在某座悬崖下的水洼中，他看到了花草的倒影。从那里，他终于看到了事物本身。慢慢地，他惊奇于灌木丛、冷杉林、一头孤独的母羊。夜幕降临。遥望天空时，他看到月亮和漫天星斗，看到金星升起，又落下。他笔直地坐在一根老树桩上，守候着这颗最光芒四射的星。看它拨开落日的最后一抹余晖现身，变得越来越亮，向下坠落，最终消失天际。最后，在某个清晨，他终于看到了太阳，不是在起伏的水面中，也不是任何倒影，而是太阳本身，真真实实地存在于自己位置上的太阳。他看着它，凝视它，心里感到无比幸福。

“现在我们假设，他从自己的喜悦中回过神来，发现自己必须像苏格拉底一样，回到洞穴，回到看起来十分现代的电影院，去解放所有他能够说服的人，带领他们走出那扇他现在已经知道的小门。然后会发生什么呢，女士们、先生们？设想一下：他终于回去了！找到了他原来的位置！这一次令他突然看不见的不是耀眼的阳光，而是黑暗。如果他在眼睛重新适应黑暗之前，与那些从来没有离开过座位的邻人比赛预测银幕上即将放映的内容，那么他肯定会成为众人的笑柄。人们定会窃窃私语，说他出了远门、上了高山，回来反倒成了近视的傻子。这件事的直接结果就是：再也没人愿意效仿他的行为。而此时，如果他因为太想把太阳的**理念**、可见的**真的理念**告诉其他人，试图给他们解缚，带他们出去，让他们像自己一样了解什么是崭新的一天，那么我想他很有可能被人们抓起来杀死。这正是被告苏格拉底曾冒过的风险。他冒险选择回到难以承受的黑暗中，而不是独自享受山上自由的光明，为的是组织那些被束缚的伙伴们走出去。他为此付出了代价，因为他的无私，因为他离开不幸的世界之后，又为了解放他人而返回，因为他不满足于拥有真理，更想成为真理的斗士。是的，他为此付出了第一次生命。

（一段沉默。此时应有七八位演员已经走到舞台前端的队伍里。剩下的演员应控制在最后一位——假扮成警察偷偷进来的色诺芬——刚好在柏拉图即将结束第一段演说、以苏格拉底的名义演讲之前走到台前的队伍里。）

“我们还是进入最重要的总结环节吧。我刚才提起的苏格拉底，他首先是一位教育家，他不计较所面对的是何等身份的人，因为他是全人类的导师。

“教育并不像某些人宣扬的那样。我想起那些自以为是的心理学家和教育学家，声称能将知识传输给一个所谓没有任何认知天赋的主体，就像把视力移植到一只失明的眼睛上一样。然而，刚才那个巨型影院的寓言所包含和表达的是，每个主体身上都有认知能力，以及激发这种能力的机制。教育家是离开黑暗国度、见过真实世界之后又返回，希望帮助所有人唤醒他们身上光明的力量的人。假设有一只眼睛只能通过移动全身才能从黑暗转向光明。那么我们便可以想象，唯有使出**主体**的全部冲劲，借助把我们拉出洞穴的暴力，才有可能摆脱变化的诱惑，直到感知能力是以适应存在及其内在光芒——即我们所说的真理。

“因此教育不是强迫，而是引导。可以说，教育应该是一种使人转变的技术。它要做的仅仅是找到最简单有效的方法使**主体**实现这种骤变，而不是把视力强加于他，因为**他**本身就拥有这种能力。然而由于**主体**的视力没有得到很好的引导，没有转向恰当的现实，所以必须不惜一切代价矫正它的方向。教育绝不是教人如何适应现有的世界，如何在黑暗的房间里找到一把更好的椅子。教育是，指引所有人找到那扇通往外界的小门，去观察和理解真实的世界，然后被自己的见识启迪，回到那致命的黑暗中，成为快乐的战士。

“这就是苏格拉底教导我们的——出去，体验真，回来，将这段路程传授给所有人。这些步骤人人都有能力完成，其目的是让所有人都抛弃那个黑洞洞的巨型电影院，那个充满利益、竞争、阴谋、统治、种族主义、主权国、分裂的民族、与私有财产挂钩的虚伪自由和将金钱作为唯一普世价值的世界。

（所有人都回到了舞台，全场灯光重新亮了起来。）

“听，苏格拉底借我之口，从他深深的不在场中说：‘噢，你们成了哲学家，从此将平均主义**理念**、共产主义思想作为指引你们集体生活的罗盘。你们发现了细小的真实之光，从此能够自如地往来于**理念**与实践之间。我要对你们说：你们每个人都有义务回到你们共同的家园，让自己重新习惯观看影子。因为，一旦恢复了这种习惯，你们的视力就会比那些还没能走出巨型电影院的人强千倍万倍。你们将能熟练地辨别这些影像是什么、它们参照的是什么，因为你们凭直觉就能知道，在**真理**层面，什么是美的创造性艺术程序，什么是精确的创造性科学，什么是正义的政治，以及，什么是爱，爱揭示的是超越自我满足的平淡界限，从一到二的力量。如此一来，你们将共同致力于建立一个政治共同体，尽管这个政治共同体尚未建成，但它已经是你们的共同体并且也是我的共同体。它会实现真正的觉醒，而不是活在交织的梦境中，正如在当今大多数国家那样，人们为了影子而争斗，甚至于，这些恐怖的内战将权力作为唯一追求，仿佛那是很重要的东西似的。事实上，最不渴望权力的人所领导的政治共同体才是最好也是最不会发生内战的政治共同体。反过来，最坏的政治共同体则是由最贪图权力的人统治的。’

（一段沉默。整个审判室亮起。）

“你们听到这无与伦比的声音了吗？我站在这里不仅是为了请求宣告苏格拉底无罪，我还要让他为人称颂，让他的思想结晶永远流传。因此我必须对你们说：当你们手中握有一些权力时，如果发现有种生活比权力赋予你们的更加高级，那么真正的政治共同体就有可能实现了。因为掌握权力的人不再是视金钱、虚荣或权力本身为财富的人，他们只看重通往幸福的必经之路——充满丰富思想的、真正的生活。

“亲爱的朋友们，告诉我，你们知道有哪种生活是能让人们蔑视权力、蔑视国家机关的吗？”[1]

卢勒塔比耶　真正哲学家的生活，苏格拉底的生活！

柏拉图　“让我们像苏格拉底一样，坚持不让贪慕权力者执掌政权，因为一旦我们接受这样的人做领导者，我们面对的将只有永无止境的权力争夺战。因此，必须由我毫不犹豫地称为哲学家的那一大部分人轮流守卫我们的政治共同体，我亲眼见证，这些大公无私的人本能地懂得如

1　阿兰·巴迪欧，《柏拉图的理想国》，第 11 章。

何为公众服务，但也知道除了出入国家机关之外还存在许多其他形式的荣誉，知道比起政治领导人的生活，还有另一种更为可取的生活。那便是真正的生活，女士们、先生们。真正的生活。它不会不存在。或者说不会完全不存在。”[1]

舞台上灯光全部亮起。许久的沉默。柏拉图走下讲台，与其他演员站在一排。唯有保罗斯离开队伍，回到庭长的座位上。

保罗斯 我还能说什么呢！阿里斯托芬老师？或许您有什么要补充的吗？

阿里斯托芬（站在前景中演员的队伍里说） 你们知道我听到这番胡言乱语作何感想吗？真正的生活，真正的生活！只要活着就好啦，他妈的！这就够了！活着已经足够艰难、足够快乐了！而老苏格拉底他也活着！如果你们动他一根头发，法官先生们，假设这么多个世纪过去他还剩一两根头发的话，我就放出我的云神来对付你们。你

1 阿兰·巴迪欧，《柏拉图的理想国》，第 11 章。

们将会听到我刚刚创作的这首歌：

“如果你们敢动苏格拉底一根头发
你们的葡萄树会干枯、结不出果实
因为它们上方没有一片云会下雨。
如果你们用恐怖的法令
断送苏格拉底的生命
你们所有人都会看到
你们的橄榄树饱受灾害。
如果对这么善良、年迈的苏格拉底
你们企图损害他的公民生活，
我会对云神们说：冲向这些恶人！”[1]

保罗斯（有些兴奋地说）　该说的都已说完，该吹捧的都已设想过，该煮熟的都已煮好，不该睡着的都已兴奋起来。本庭将于明天上午开庭审议，并于明天晚上宣判。

前排的全体演员面向观众鼓掌。

幕落。

1　阿里斯托芬，《云》，1115-1130。

第六幕

第一场

在与《革命报》编辑部的布置基本相同的房间里。唯一的差别是，最里面有一扇较大的窗户朝向外面。这是雅典上诉法庭的法官商议室。其中两名法官——伊万诺斯和贝阿特丽西娅走进空无一人的房间。他们似乎在继续刚才在外面的讨论。

贝阿特丽西娅　对这种类型的案子，你不能像这样推理。

伊万诺斯　“像这样”推理具体指什么？我只是推理而已，并没有“像这样”推理。

贝阿特丽西娅　你很清楚我的意思。别装傻，我讨厌你装傻。

伊万诺斯　我问你在一个这么重要的案子里“像这样推理”是什么意思，这不是朋友之间的小口角，而是苏格拉底的第二次审判，而你却说别装傻，这就是你的回答？好吧，我伊万诺斯告诉你，我不知道装傻意味着什么。我不是在胡说八道，我在推理，就这么简单。

贝阿特丽西娅　好吧，我再对你的猪脑袋说一遍：你不能像这样推理。

伊万诺斯　看到了吧！亲爱的！你每次遇到难题都会用隐喻。

贝阿特丽西娅　什么喻？

伊万诺斯　隐喻。关于苏格拉底的案子，也就是现在进行的这个历史性的案子，它确实是历史性的，但你并不关心，因为你只在乎自己的事情，不在乎历史性的重大事件，你就只会说我不应该“像这样”推理。可是当你说“像这样”时，我要强调这个“像”字，如果你不告诉我“像这样”中的“这样”指什么，如果“这样”就是指像我推理那样，那么你不需要对我说我不应该像这样推理，因为这就相当于你说我不应该“像”我推理那样推理，却没有说明我的推理方式。所以你和我的讨论再一次陷入了僵局。

贝阿特丽西娅　这不是隐喻。

伊万诺斯　什么，你说什么不是隐喻？

贝阿特丽西娅　说这个像那样，如果不说明那样指什么，就等于说“这个像这样”。这不是隐喻。

伊万诺斯　那是什么?

贝阿特丽西娅　这是同一性，说 A 像 A 一样。总之这就是一句蠢话。你又多说了一句蠢话，没什么大不了的。

伊万诺斯　所以在这么重要的时刻，对于身为上诉法庭法官的我而言，你刚才所说的隐喻和同一性的问题对我有何意义？全人类都在注视着我们，看我们审判苏格拉底，他已经因为法庭的误判而死过一次了，现在正是讨论要不要再次判他死刑的时候，而你却拿同一性和装傻的事来找我的茬！

贝阿特丽西娅　隐喻恰恰是一种不同，而不是同一性。你披上法官的伟大外衣，可倘若你不会区分同一与不同，又怎么会知道苏格拉底的第二次审判不同于第一次?

伊万诺斯　这种攻击方式完全就是你的风格！说一些完全不着边际的狠话，这简直就是你的作风！

贝阿特丽西娅 换句话说就是，我像我一样，如果你不介意我用同一性的话。

伊万诺斯 你这个固执的女人，只关心一己之私不顾及场合。只会对我说狠话，完全不考虑历史性的重大事件。

贝阿特丽西娅 你大可以一直抨击女性，可你绝不能把同一性说成隐喻。

伊万诺斯 好吧，你回去给我下判决吧，这定会载入史册，判决书就这么写："伊万诺斯没有发现苏格拉底的第二次审判是第一次审判的隐喻而不是同一性重复"！

贝阿特丽西娅 可这是事实！都是事实！从一开始你就认为应该重演公元前399年的第一次审判，只不过最终判决截然相反！没错，苏格拉底败坏青年、亵渎神明，但我要宣告他无罪，我，伊万诺斯！你没有发现表面的同一之下隐藏着不同，你没有发现隐喻！你没有看到，苏格拉底的第二次审判或许是第一次审判的戏剧隐喻，但无法完全相同地演绎。这是你这个乡下人的一孔之见。

伊万诺斯 乡下人要对你说：找别人去展示自己，编织你的隐喻吧。

他摔门而出。贝阿特丽西娅在桌边的一把椅子上坐下，愤怒又不安。

第二场

同样的场景。贝阿特丽西娅一个人在沉思。过了一会儿，保罗斯和书记员玛格达莱娜走了进来。他们似乎也在继续刚才在外面的对话。

保罗斯（漫不经心地从无精打采的贝阿特丽西娅身旁走过）嗨，贝阿特丽西娅。你看起来精神不错，这可不是恭维！（转向玛格达莱娜。）坦白说，玛格达莱娜，我不太明白你的立场。在法院范围内，假设你不是上诉法庭的总书记员，而是法官，谁能明白你的意思？我们现在有一个很关键的案子，一个历史性的案子，它可以追溯到几个世纪以前，并且人尽皆知，涉及苏格拉底的死刑。而你却突然说，我们应该向世人宣告我们无法胜任这场审判！简直是疯了！整个世界都看着我们，而你却说："女士们、先生们，散了吧，没什么好看的，我们没有能力，我们洗手不干了。”对这样一件事说洗手不干，这比本丢·彼拉多[1]还不堪。

玛格达莱娜（对贝阿特丽西娅说） 您好，法官女士。您看起来有些疲惫。（没等贝阿特丽西娅回答便转向保罗斯。）我认为应该减少对这件事的过度关注。作为现代雅典人，我们不该把这件事放在心上。有人想把我们再次按到古希腊的臭沼泽中——智者的审判，民主民族的罪责，告密者，演说家，以及整件事引起的轰动。而我们呢，我们应该用现代民主、现代法律予以回应。我已经受够了希腊人应该守护书本上的历史的言论，还有古代智慧，米提亚战争，古希腊雕塑，令人惊慌的悲剧，（越来越激动）古雅典女神，穿束腰长袍的女孩，短长格诗律，不知羞耻的维纳斯，俄耳甫斯教占卜术，犬儒学派哲学家，（语调渐趋高潮）沉默的斯巴达人，奥运会，品达的颂诗，淫乱的林神，布匿战争——

1 本丢·彼拉多（Ponce Pilate，？—41），罗马帝国犹太行省执政官。《马太福音》27:22-24：“彼拉多说：‘这样，那称为基督的耶稣，我怎么办他呢？’他们都说：‘把他钉十字架。’巡抚说：‘为什么呢？他做了什么恶事呢？’他们便极力地喊着说：‘把他钉十字架。’彼拉多见说也无济于事，反要生乱，就拿水在众人面前洗手，说：‘流这义人的血，罪不在我，你们承当吧。’”——编注

保罗斯（打断她） 那不在希腊。

玛格达莱娜 什么？谁不在希腊？

保罗斯 布匿战争。不在希腊，在罗马。汉尼拔，战象，翻越阿尔卑斯山，卡普亚之乐……是在罗马，我敢保证。

玛格达莱娜 总之在这里、在雅典，我们受够了砖砌房，狂热分子，盲目爱国，公民教育，（语调再次渐趋高潮）冷漠且极不公平的经济，空想且瘫痪的政治，还有一部近乎疯狂且流于表面的刑法。

保罗斯 流于表面？我们的刑法怎么会流于表面？

玛格达莱娜 人们用它遮盖社会的疮痍，于是所有人都只看得到美好。然而我们应该对它说“不”！我是书记员，所有资料都由我录入电脑。你我都知道：苏格拉底案的案卷是空的，这个案子中还活着的证人都应保持沉默，因为他们要么是律师要么是检察官，而鉴定人已经死去很久了，以至于有人将波兰野牛的胫骨误当作他们的尸骨，因此我没有把他们算在内。你应该说：我们无法胜任这项工作，这个案子已经过去两千年，如今我们没有任何方面的任何证据，还是放弃吧，让我们回到当下，打倒古希腊，现代性万岁，总而言之，我们走吧。

保罗斯 别激动，亲爱的。苏格拉底说过，如果我没记错的话：“他们可以杀死我两次，只要他们愿意，只要他们可以，但我的声音会在我的两次死亡之间回荡，就像盘旋在两个垃圾桶之间的海鸥。”

玛格达莱娜（怀疑地说） 在两个垃圾桶之间？苏格拉底这么说过？

保罗斯 当然！我准备庭审时读过他的作品。

玛格达莱娜 你在耍我！苏格拉底没有写过任何东西。我同意阿里斯托芬的观点。苏格拉底就是一个居无定所的酒鬼加话痨。你应该把这个案子引向更实际、更现代的事情上，比如：为什么在这个经济繁荣、交流无界、每天有成千上万的手机拍摄成千上万的照片、还有便携电视和电动自行车的民主社会，这个建筑现代化的社会，还有流浪汉和酒鬼？通过苏格拉底的审判，你可以建立一个法庭专门针对整个西方世界尤其是希腊的重大问题。

保罗斯 你是希望代表国际媒体那个小伙子在他的《革命报》上报道："在保罗斯法官的领导下，苏格拉底的审判演变成被民主遗弃者的审判"？

玛格达莱娜 我个人认为这个标题很出彩！而你却拘泥于这个案子本身。

保罗斯 因为我跟苏格拉底一样！他说："如果你待在原地，就不会在别处迷失。"

玛格达莱娜 这正是我们截然不同的地方。我恰恰就想在别处迷失。

保罗斯 所以说到底，你是希望我通过苏格拉底的审判，宣布自己没有能力，从而帮你迷失！

玛格达莱娜 答对了！我的志向就是成为迷失少女！

保罗斯（狡黠地说） 我明白！我太了解了，亲爱的！

二人大笑。

第三场

伊万诺斯回到商议室，从贝阿特丽西娅身边经过，没有瞧她一眼。

伊万诺斯（*对保罗斯说*） 我们或许应该转向更重要的事，庭长！外面有一大群人在等着。

保罗斯 开始吧，开始吧。玛格达莱娜也参加审议，作为法庭的总书记员。

贝阿特丽西娅（*怀疑地说*） 这合法吗？

玛格达莱娜 您怀疑我就直说！

贝阿特丽西娅（*愤怒地说*） 喂，我说！首先，我不认识您。其次，如果我认识您的话，我一定会有话直说。

玛格达莱娜 有什么话要说？别突然含沙射影！说清楚！什么话？我数到三，一、二——

贝阿特丽西娅　哎哎！可别在这丢人现眼！您要是找茬儿，我——

保罗斯　两位女士，请你们以后再讨论这件事。别忘了还有一条人命等着我们判决。开审！

贝阿特丽西娅　得先搞清楚这个女人在这里是否正常。

伊万诺斯　所有人都知道她为什么在这儿。并且所有人都赞赏她的书记工作。

贝阿特丽西娅　一看到女人你就要出头，就算她属于别的男人。

保罗斯（用官腔）　够了，够了，够了。我要严肃处置了，女士们。所有人就座。（大家围着桌子坐下。保罗斯坐在庭长的椅子上。他开始翻阅档案和笔记，于是大家都默不作声。）根据这份实际上是空白的案卷以及卡利克勒斯检察官和柏拉图律师的精彩陈述，色诺芬老师的胡言乱语和阿里斯托芬老师的滑稽表演不在考虑范围，我认为有三种可能。第一种可能是，核准公元前399年的判决，因为没有任何新的罪名、新的证人和在职的鉴定人。第二种可能，与两千多年前的结论保持一致，因为没有任何新的陈述，不过原判过于沉重，需要对其作些修改，因为这次审判要考虑到人和动物的权利、人道主义以及敏感的现代生态主义，素食主义者连一只苍蝇都不会杀死，更何况是苏格拉底呢。比如，针对他大肆宣传反议会制度言论和诽谤新哲学家的行为，可以判处四年有期徒刑，而考虑到已经过去的时间，可以宣布被告已获自由。

玛格达莱娜 哪个被告？谁的自由？苏格拉底现在由一名警察来代表。您打算释放警察？这场审判毫无意义。只要我们宣布无法胜任，一切都迎刃而解了。

正当玛格达莱娜说话时，苏格拉底悄悄走进来，倚在门上看着其他人。可以想象各种可能的苏格拉底的样子。或许应该类似他的传统形象：留着硬挺的络腮胡，上了些年纪（七十岁），穿着古代服饰（古希腊式白色长衫、腰带，等等）。总之，他给人一种和蔼可亲、容光焕发的印象。

贝阿特丽西娅 哎！哎！最好别夸大其词！这个书记员嘴里的“我们”是谁？我知道这位女士和我们法庭中的某些人

有着不一般的关系。但这并不代表她可以参与审议，这之间有着神圣不可侵犯的界限！

玛格达莱娜 来吧，法官女士，冲我来！

保罗斯（宽容地说） 好了，好了！请保持冷静和理智。我们还可以完全推翻之前的判决，宣告苏格拉底无罪。各位对这三种方案怎么看？

伊万诺斯 我认为，不能被这些长篇演说蒙蔽。卡利克勒斯和柏拉图的陈述的确非常出彩，但这完全是为了结算他们之间两千年的旧账，苏格拉底只不过是个借口。我们所听到的是诡辩家与哲学家或者说权力派与理想国派之间的唇枪舌剑。我认为色诺芬和阿里斯托芬的话恰恰更接近真相：苏格拉底是个聪明的老实人，他喜欢和大家聊天，而且他很可能沦为流浪汉。这就是我主张撤销原判的原因。

贝阿特丽西娅 你支持判他无罪？

伊万诺思 是。并且我希望有关苏格拉底的传闻到此为止，希望我们回归现实，现实就是：一个亲切友善的话唠痨不怀好意的邻居举报并获刑。继而某些出色的哲学家借此编造了一个故事，用来贩卖自己的主张。

贝阿特丽西娅 你真是个懦夫。你没看出苏格拉底如柏拉图所说，是个共产主义者吗？你难道没看出这家伙哄骗年轻人，使他们支持独裁者和恐怖分子吗？你难道没看出他表面无害，却企图腐蚀我们自由民主的社会准则吗？你不知道一旦我们听之任之，他就会谋划银行国有化、人民权力或者其他难以接受的极权主义运动吗？对此，我们必须予以反抗，现代国家必须采取抵抗措施，即便这很艰难，即便有些暴力。必须再次判他死刑，并以此为例。

保罗斯 你们二位都太极端了。依我看，苏格拉底既不是可怜之人也不是笑里藏刀的革命者。况且他还说过这样的佳句：“一切极右的均无意义，一切极左的均无价值。”

玛格达莱娜（诧异地说） 苏格拉底真的说过这句话？

贝阿特丽西娅 他说过不少蠢话。古代的生活跟现代不一样，古代人大多是粗鄙的乡下人。去看看他们对待女人的方式就知道了。

玛格达莱娜（*充满敌意地说*） 在评价他们之前得先搞清楚这是些什么样的女人。

贝阿特丽西娅（*充满敌意地说*） 说得好，女士，说得好！有些女人最好被送回古代去。

伊万诺斯 苏格拉底对女人的看法如何，这与我们无关。不过他在某些方面确实能力有限，比如在逻辑上。举个例子，有一天，他向伯里克利提出了一系列政治军事策略，不是大伯里克利，是他的儿子小伯里克利。“小伯里克利对他说：‘亲爱的苏格拉底，我认为你的这些建议非常有用。’于是苏格拉底回答：‘既然你赞同我的提议，请务必付诸实践，亲爱的小伯里克利。如果你能实现哪怕其中之一，这都将对你和城邦大有裨益。而即便你失败了，也不会对城邦造成不利，你无需对自己的尝试感到羞愧。’”[1] 谁

1 色诺芬，《回忆苏格拉底》，第3卷，第5章，27-28。

能告诉我苏格拉底这个回答的逻辑在哪，我请他吃薯条。

保罗斯 偏题了，朋友们，我们偏题了。时钟在摇摆，群众在等待！女人，逻辑……这些都偏题了，我们必须回到正题上来。已经讨论得足够多了。

第四场

苏格拉底（走到灯光下，突然出现在众人眼前） 我认为你们还没有讨论唯一有价值的问题。

保罗斯 什么问题？你又是谁？

苏格拉底 我是苏格拉底。（微笑。）看不出来吗？

伊万诺斯（目瞪口呆） 您很像他，可以这么说。您很像他。

苏格拉底 问题就在这里！我很像他……这个“他”是谁？我像谁？苏格拉底？我像苏格拉底？

贝阿特丽西娅 当然。不得不承认，您很像他。

苏格拉底 你们是在说苏格拉底像苏格拉底？是吗？我常说模仿是认知的祸患。当人们说一个事物像另一个事物时，往往对这个事物不甚了解。而如果有人说一个事物像它本身，这更是无稽之谈！我是苏格拉底，这种表达方式更恰当。正如我的徒弟埃德蒙德·胡塞尔所说，要“回到事物本身”。

保罗斯 好吧，就算如此。法庭还未涉及的这个十分重要的问题是什么？

苏格拉底 你们没有考虑过你们所审判的是不是你们认为在审判的人。“那么谁是苏格拉底呢？”这是你们首先应该搞明白的事情。鉴于两千多年的时间间隔，这确非易事。从你们只会说苏格拉底像苏格拉底这句话就可以看出。我来告诉你们吧，这场审判毫无意义，因为没人知道谁是被告。

这段话令法官们震惊。

保罗斯 让我们把事情说清楚，大家同意吧，否则我将严肃处置。如果您不是苏格拉底，请立即离开这个房间，您与这里毫无关系。如果您是苏格拉底，您此刻出现在这里真是胆大包天。正是您自己申请了缺庭审理。

伊万诺斯（缓过神来） 不仅如此，我还想说：如果您真是苏格拉底，而不是我们认为正在审判的人，那么您就是个死人！在这场审判开始前，您是继耶稣基督之后最著名的死人。倘若如您所言，这场审判是个错误，那么您应该立即离开这间商议室，这里不接受死人。

苏格拉底 然而问题就在于此，这个问题你们没有提过，任何人都没提过：谁是活着的苏格拉底？死去的苏格拉底我们再熟悉不过了！谈论死人并非难事。人们可以轻易叱骂苏格拉底、罗莎·卢森堡、基督、罗伯斯庇尔、杜桑·卢维杜尔、瓦尔兰、萨帕塔、约翰·布朗、卢蒙巴、切·格瓦拉、托马斯·闵采尔及许多其他的殉道者！用死亡让生者屈服，把他变成一个光辉的象征，这不是伸张正义的体现。我希望你们在我缺席时，不受我影响地审判苏格拉底，活着的苏格拉底、真实的苏格拉底，而不是想象中的苏格拉底、十几个世纪以来受人崇拜的苏格拉底。我对我的假象提出上诉，因为是它迫使我消失了这么久。

贝阿特丽西娅 哦不，等一下，等一下！在这个深受自由主义法律、伟大的英美法系影响的现代法庭，我们审判的是行为，不是人。不论你是谁，苏格拉底还是其他人，我们并不在乎！我们是法官，不是心理学家！

苏格拉底　那么，这些行为是什么？尊敬的女士，告诉我，我做了什么，真正的苏格拉底究竟做了什么，我很想知道。

玛格达莱娜　此处可以引用雨果老先生的话。我在大学里学过雨果的诗，这两句我很喜欢：

“比命运更伟大的国王辛那赫里布，他做了什么？

辛那赫里布国王做了这件事，死亡。”[1]

所以我要这样回答：

“被命运选中的智者苏格拉底，他做了什么？

智者苏格拉底做了这件事，死亡。”

保罗斯　确实。确实如此！是您这个活人导演了自己的死亡，而不是我们。您在喝下毒药前说了长篇大论。如果您要控诉的是您的象征性死亡抹杀了您活着的事实，那么您一定会被驳回。因为努力将您的死亡演变为一种象征的，从始至终都是苏格拉底您自己。所有人都能背诵出您对悲伤的弟子们说的话：“我要双脚站立在你们面前喝下这毒药，这样你们就可以告诉世人，苏格拉底是站着死去的。”

1　《第十个斯芬克斯》，选自维克多·雨果，《历代传说集》。

苏格拉底 这句话我从没听说过！关于所谓的我的临终遗言，我读过色诺芬激情洋溢的胡言乱语以及柏拉图感人至深的夸夸其谈，不过这句话我倒是头一回听到，我得记下来。“双脚站立”！我还从没想过！

苏格拉底在本子上记录着。

玛格达莱娜 听我说，保罗斯，你知道我很喜欢你。我甚至向你证明过。

贝阿特丽西娅（充满敌意地说） 怎么证明的？在伟大的古代智者苏格拉底面前，您总要说实话吧，因为他我们才有幸聚在这里，如果他就是苏格拉底的话。

玛格达莱娜 这不是重点。（对保罗斯说）我想说的很简单：你似乎相信这个自称是苏格拉底的家伙。既然他已经出现在这里，在我们面前，那么，管他是死是活，只需要把他赶出去，然后对外宣布我们无法审判这个案子，因为我们无法裁决某个人是死是活。应该由法医来鉴定所有疑似苏格拉底的人，对他们开膛破肚以辨真假，这些与我们无关。

苏格拉底（微笑说） 可是尊敬的女士，无需医生对我开膛破肚，您自己就可以看出我是个活人啊！并且，在你们宣布自己无能为力之前必须知道你们审判的是谁，这是最基本的问题！

伊万诺斯 逻辑告诉我们，不管苏格拉底是谁、是什么人，他都不可能既是死人又是活人。总要遵循不矛盾律吧！

保罗斯 不过，尊敬的先生，您本人难道不能告诉我们您是谁吗？如果您是苏格拉底，那么您肯定知道谁是苏格拉底！您比任何人都了解他。

苏格拉底 不！一点也不！我曾说过“认识你自己”，后来有人在此基础上添油加醋。可他们完全没明白我的意思。我的原意是：寻找那些可以令你稍微认识你自己的他者。只有这些他者才是反映你自己的明镜。

贝阿特丽西娅 有道理！现代女性就是通过他人而对自己有些许了解。如果让您全面地审视自己，毫无保留地表达自我，坦白点说，您会对自己作何评价？

苏格拉底　我会说:“我就是我。”

保罗斯　这是上帝对摩西说的话！在《圣经》里！上帝说:“Ego sum qui sum.”

玛格达莱娜　上帝讲拉丁语?

贝阿特丽西娅　这次又扯到上帝了！一个用拉丁语说自己是自己的上帝！一派胡言！彻头彻尾的古代风格！越来越跟不上时代了！

一段沉默。

苏格拉底　你们知道吗，我来这里是为了告诉你们，也告诉所有人:最自命不凡、最爱说大话的并不是自称神的那个，而是自称人的那个。因为真正的人类、能够将力所能及之事做到极致的人类还未诞生。人类仍然在各方面都远不及它的**理念**。

肃然起敬的沉默。

玛格达莱娜　您说的这些还是让人云里雾里。所以我们到底有没有能力审判您？

伊万诺斯　死与生之间别无其他！而苏格拉底您却介于这两者之间。您违背了排中律：要么 A 为真，要么 A 为假，没有中间状态！

贝阿特丽西娅　我的想法是：这位苏格拉底看起来像现代人一样从容，可他却是彻彻底底的古代人。说真的，我完全混乱了。

保罗斯　这是要成为判例的！从来没有人在时隔二千四百多年之后审判任何人。但问题是，作为法官，我们既不清楚事实，也没有能力，无法辨认谁是谁，没有证人，没有案卷，没有鉴定人，更何况律师之间自相矛盾，检察官则像是在讨论另一个人。直到刚刚我们才找到被告苏格拉底，然而我们仍不确定这就是他，也没有办法证明，因为连他自己也不知道。关于被告我们唯一知道的是，他就是他。这些远不足以形成判例。

尴尬的沉默。

苏格拉底 我有个提议。你们可以在上诉判决书的开头这样说，由于时间久远、证人缺失、鉴定人去世、案卷空白等原因，直到审判结束，你们尚不清楚苏格拉底是谁以及他被指控的罪名为何。你们发现三位律师及检察官就这位缺席的所谓的苏格拉底所作的精彩描述存在极大矛盾。因此，你们的初步结论是，你们没有任何理由判决被告有罪，毕竟你们不清楚他是谁。然而，你们知道苏格拉底的死是人类历史上一个极为重要的符号，且不论这个“苏格拉底”到底是哪一位。你们不愿也不能从普遍意识中抹去具有伟大寓意的智者之死。

贝阿特丽西娅 所以我们进退两难了！

玛格达莱娜 我从一开始就说过！我们必须逃走，必须宣布无法胜任。

伊万诺斯 不管怎样这都将是场失败的审判。不论是宣判我们所知的苏格拉底死刑，还是宣判我们所不知的苏格拉底活着，还是最好的情况，宣判我们所知的苏格拉底活着，又或是最坏的情况，宣判我们所不知的苏格拉底死刑，无论是哪种情况，这场审判都只能是彻头彻尾的失败。对，彻头彻尾。放弃吧。

保罗斯　我们不能放弃这样一个千载难逢的机会！你们不觉得吗！一个跨越了两千多年的判例！

苏格拉底　无须放弃任何东西！判决书的前半段表明你们撤销原判。苏格拉底必须活着。不过你们可以在判决书的后半段宣布，在虚拟层面上，你们将延续被奉为神圣符号的苏格拉底之死。

伊万诺斯　这有些复杂……

苏格拉底　不！只需要说，虽然苏格拉底活着，但他必须接受自己在余生的每时每刻都是已死的。

伊万诺斯　可是要如何证明他是处于现在的生与过去的死之间呢？

苏格拉底 我来负责。作为假定的苏格拉底，我有办法对付苏格拉底，相信我。

保罗斯 棒极了！实在太妙了！一个先将来时的判决！

苏格拉底 正是如此。苏格拉底，我，活在现在时，死在每一个现在时的先将来时。我活着，我存在，于是你们终于知道我是谁，我是在你们所复活的苏格拉底的余生中每时每刻都将已死的人。

玛格达莱娜 用这种方法，我们永远立于不败之地。将已立于不败之地！先将来时的……

贝阿特丽西娅 我们在现代女性的人生中将已是先将来时的古代女性。

伊万诺斯 死与非死不再矛盾，因为人们将是已死的，在每一个现在都不是活着的。这太厉害了，苏格拉底，太狡猾了！

保罗斯（握住苏格拉底的手说） 不管您是谁，我们都要感谢您！您帮我们这些小法官除去了多年的心头大患。我立刻向群众宣布判决！（他打开窗户。窗外人声鼎沸。他拿起扩音喇叭。）雅典上诉法庭宣布，二千四百一十四年前对苏格拉底的死刑判决无效。但是……（一阵巨大的喧闹声淹没了保罗斯接下来的话——关于先将来时。只听得到“苏格拉底万岁！”、“苏！格！拉！底！”、“苏格拉底上台！”、“我们需要苏格拉底，我们将迎来苏格拉底！”……）

呐喊声持续着。有气球和红旗从窗前飘过。过了一会儿，保罗斯关上窗户，喧闹声消失。玛格达莱娜、贝阿特丽西娅、伊万诺斯和保罗斯四人都兴高采烈地走下舞台。台上只剩苏格拉底一人若有所思。接着，仿佛突然作了什么决定似的，他将身上的古代服饰换成了现代装扮。

第五场

苏格拉底换好衣服之后，凯文·卢勒塔比耶悄悄走进来。他像侦探小说里的侦探一样审视着房间，看到舞台另一边背对着他的苏格拉底。

卢勒塔比耶　啊！打扰了，先生。

苏格拉底转过身。

苏格拉底　没关系，卢勒塔比耶先生。

卢勒塔比耶（不假思索地说）　我还以为这里没人。（仔细看了看眼前的这个人。）天哪！您是苏格拉底！

苏格拉底　您眼力不错，这在新闻界能派上用场。

卢勒塔比耶　当然！您是苏格拉底！可是都过去二十四个世纪了，就算您是苏格拉底又能说明什么呢?

苏格拉底　发生的已经发生，卢勒塔比耶先生。曾经是苏格拉底就永远是。

卢勒塔比耶 是的，没错，可到底谁是苏格拉底？您是谁，如果您现在是曾经的苏格拉底？

苏格拉底 我会告诉您的，只告诉您，卢勒塔比耶先生，只告诉《革命报》。（卢勒塔比耶走到苏格拉底身边，拿出本子，把耳朵凑近他。两个人紧挨着站在舞台一角。）我对法官们说："我就是我。"不过……

（突然，由本剧其他演员组成的人群蜂拥而入，他们声势浩大，嘴里呐喊着命令、控诉、欢呼、歌曲。其中可以清楚地听到"马克思！恩格斯！列宁！毛泽东！革命万岁！"，还有歌曲《青年近卫军》的片段，以及不断重复的"无产阶级专政万岁！"。当然，还有"苏格拉底万岁"和"一切权力归苏格拉底"。毫无疑问，喧哗声完全掩盖了苏格拉底的声音，但他看起来仍在淡定地对卢勒塔比耶说着话，仿佛什么也没有发生，仿佛舞台上并没有其他人。这一幕持续了很久。之后，人群突然离开舞台，喧闹声随之消失。于是我们又听到苏格拉底的声音。）

……所以归根结底，这个身份，这个众所周知的名字——“苏格拉底”，在过去是真实可靠的。依我看，它现在还很平庸。但将来会成为闪耀的象征。不过我认为这并无意义。您发现了吗，此刻，他和其他人一样无足轻重。

卢勒塔比耶 但从细节上说……

苏格拉底 啊，尊敬的卢勒塔比耶！细节！细节是毁灭一切真相的罪魁祸首。我得走了，感谢您与我交谈。

他热情地与卢勒塔比耶握手告别，然后迅速消失了，仿佛有人在等他似的。过了一段时间，卢勒塔比耶从口袋里掏出手机，拨通了电话。

卢勒塔比耶 喂？编辑部吗？请保罗接电话。（停顿了一会儿。）保罗先生吗？我是凯文·卢勒塔比耶……对，对，我在雅典……无罪，当然……我有个惊天大新闻。我给苏格拉底做了独家采访……对，就在他走向死亡之前……对，他在生与死之间穿梭……我们别浪费时间了，保罗先生，我把第一段念给您听……可靠，当然可靠……！特大标题，毫无疑问，放在头版……《革命报》对苏格拉底的独家采访……本报特派记者凯文·卢勒塔比耶……苏格拉底告诉我们……对，就只写“告诉我们”……然后是冒号，双引号……我念给您听，他白白牺牲了，不过他必须死，他太在意别人对他评价的真实性……不，不要写“他白白牺牲了”！这是我的评论……当然，当然可靠！您会明白的，我没有瞎编！我念给您听……别再打断我了，见鬼！苏格拉底告诉我们：“做神轻而易举，因为神已经死去。”句号。对，就在“死去”后面……“但做人很难，因为人还没有达到他真正的存在”……不不不！“真正的存在”，不要修改任何一个字……！句号，然后他继续说：“今天的我们都游走于已死的神和即将诞生的终于达到其自身理念的人之间”……对，是这样……接着苏格拉底总结道：“法庭刚刚向我本人批准了游走的权利，成为终身移民的权利”……原话不是这样的。我重新念一遍最后一句话：“法庭刚刚向我本人批准了游走的权利，成为终身移民的权利，这甚至是一种义务，我将丧失所有身份，最终像尤利西斯一样，抵达人类的彼岸，登上力所能及的巅峰。”是的，当然，这很庄严，不过别忘了他正从生走向死，或由死向生，总之，这是一个神圣的旅程……抽象？您希望他讲一堆无聊的废话还是怎么的？好了，我再把这段话慢慢地重复一遍。“做神轻而易举，因为神已经死去。但做人很难，因为人还没有达到他真正的存在。今天的我们都游走于已死的神和即将诞生的终于达到其自身理念的人之间。法庭刚刚向我本人批准了游走的权利，成为终身移民的权利，甚至是一种义务，我将丧失所有身份，最终像尤利西斯一样，抵达人类的彼岸，登上力所能及的巅峰。”好了，好了，别讨论了。我明天回来……当然，他没对其他人说过……！听我说，保罗先生，我要挂了。（他关掉手机，放回口袋，面向观众说。）做记者最倒霉的就在这里。遇到一个十分劲爆的新闻，没办法用一则报道、一篇通讯稿、一个标题概括……这完全超出了范围！所以，必须像苏格拉底说的，游走。他想告诉我们的是，在生与死之间：成为流浪者吧，定居部落的人们！成为**理念**的流浪者，**真理**的游民吧！如果可能的话。我要去外面看看有没有可能。再见了，定居族。

幕落。

图书在版编目(CIP)数据

苏格拉底的第二次审判 / (法) 阿兰·巴迪欧
(Alain Badiou) 著; 胡蝶译 . -- 重庆: 西南师范大学
出版社, 2018.6
ISBN 978-7-5621-9385-2

Ⅰ. ①苏…　Ⅱ. ①阿… ②胡…　Ⅲ. ①戏剧文学—剧
本—法国—现代　Ⅳ. ① I565.83

中国版本图书馆 CIP 数据核字 (2018) 第 116106 号

拜德雅 · 人文丛书

苏格拉底的第二次审判
SUGELADI DE DIERCI SHENPAN

[法] 阿兰 · 巴迪欧　著
胡　蝶　译

特约策划: 邹　荣　任绪军
特约编辑: 任绪军
责任编辑: 吕　杭
书籍设计: 左　旋

出版发行: 西南师范大学出版社
地　　址: 重庆市北碚区天生路 2 号 (400715)
网　　址: http://www.xscbs.com
印　　刷: 重庆共创印务有限公司

幅面尺寸: 130mm×185mm　印张: 7.375　字数: 112 千　插页: 32 开 1 页
版次: 2018 年 7 月第 1 版　印次: 2018 年 7 月第 1 次印刷
ISBN 978-7-5621-9385-2　定价: 42.00 元

Le second procès de Socrate, by Alain Badiou,
ISBN: 9782330049072

版贸核渝字（2016）第 185 号

拜德雅
Paideia
人文丛书

（书名以出版时为准）

语言的圣礼：誓言考古学（"神圣人"系列二之三）	[意]吉奥乔·阿甘本 著
宁芙	[意]吉奥乔·阿甘本 著
意大利范畴：诗学研究	[意]吉奥乔·阿甘本 著
奇遇	[意]吉奥乔·阿甘本 著
普尔奇内拉或献给孩童的嬉游曲	[意]吉奥乔·阿甘本 著
身体之用（"神圣人"系列四之二）	[意]吉奥乔·阿甘本 著
历史之眼（第4卷）：被展现的人民，作为配角的人民	[法]乔治·迪迪-于贝尔曼 著
自我解释学的起源：福柯1980年在达特茅斯学院的演讲	[法]米歇尔·福柯 著
什么是批判？自我的文化：福柯的两次演讲及问答录	[法]米歇尔·福柯 著
社会学的技艺	[法]皮埃尔·布迪厄 著
学术人	[法]皮埃尔·布迪厄 著
社会学的问题	[法]皮埃尔·布迪厄 著
艺术与诸众：论艺术的九封信	[意]安东尼奥·奈格里 著
非人：漫谈时间	[法]让-弗朗索瓦·利奥塔 著
异识	[法]让-弗朗索瓦·利奥塔 著
不可言明的共通体	[法]莫里斯·布朗肖 著
海德格尔：纳粹主义、女人和哲学	[法]阿兰·巴迪欧&[法]芭芭拉·卡桑 著
怎么办？	[法]阿兰·巴迪欧&[法]马塞尔·格歇 著
模式的概念	[法]阿兰·巴迪欧 著
什么是人民？	[法]阿兰·巴迪欧等 著
苏格拉底的第二次审判	[法]阿兰·巴迪欧 著
追寻消失的真相	[法]阿兰·巴迪欧 著

资本主义、欲望与奴役	[法]弗里德里克·罗尔顿 著
从康吉莱姆到福柯:规范的力量	[法]皮埃尔·马舍雷 著
我们自身以外的陌生人	[法]茱莉亚·克里斯蒂娃 著
福柯的最后一课:关于新自由主义,理论和政治	[法]乔弗鲁瓦·德·拉加斯纳里 著
时间与他者	[法]伊曼努尔·列维纳斯 著
绝对的制图学	[英]阿尔贝托·托斯卡诺&[英]杰夫·金科勒 著
生产的剧场:在康德与德勒兹之间的哲学与个体化	[英]阿尔贝托·托斯卡诺 著
走向思辨实在论:论文和讲座集	[美]格拉汉姆·哈曼 著
铃与哨:更思辨的实在论	[美]格拉汉姆·哈曼 著
阅读我的欲望:拉康反历史主义	[美]乔安·柯普耶克 著
虚无的解放:启蒙与灭绝	[英]雷·布拉西耶 著
资本主义的幸存:生产关系的再生产	[法]亨利·列斐伏尔 著
非政治的范畴	[意]罗伯托·埃斯波西托 著
电子眼:监视社会的兴起	[英]大卫·里昂 著
潘多拉的希望	[法]布鲁诺·拉图尔 著
巴斯德:细菌的战争与和平	[法]布鲁诺·拉图尔 著
再魅化世界	[法]贝尔纳·斯蒂格勒 著
逃逸线	[法]菲利克斯·加塔利 著
批评的功能	[英]特里·伊格尔顿 著